新潮文庫

動かぬが勝

佐江衆一著

新潮社版

9288

目次

＊

動かぬが勝

動かぬが勝

一

「およしなさいな」

「……」

「およしなさいよ」

「あん？」

老妻にいわれて、上州屋幸兵衛《こうべえ》は片方の耳に手をあてがった。

「ですからね、今年の奉納試合は、出るのをおよしなさいと、申しあげているのですよ」

「そうはいかぬわい」

ふんと鼻先であしらうように幸兵衛はいい、口もとを噛《く》いしめて不快な表情をあらわにした。近頃あつらえた入れ歯が合わずに盆の上にとり出して渋茶を啜《すす》っていたので、萎《しな》びた口もとに皺《しわ》があつまり、ギョロリと眼をむいた顔は、そのへんの掘割の水

底の泥から空を睨《にら》んでいるダボハゼの剽軽《ひょうきん》さだが、老妻のおみねは哀れむように見て、

「困ったおひとですねえ」

と嘆息した。

幸兵衛は入れ歯のない口から唾《つば》をとばしてまくし立てた。

「なにをべらぼうめ。肝煎《きもい》りのわしが出場せねば、せっかく富岡八幡宮《とみがおかはちまんぐう》の恒例となった奉納試合がはじまらぬわい。そもそもこの上州屋幸兵衛がやっとう好きの旦那《だんな》衆と語らい八方奔走して、お奉行所のお許しもえてはじめたことぞ」

「……」

「お武家も町人も、日頃の稽古《けいこ》の腕前を八幡様と鹿島《かしま》の武神に捧《ささ》げるこのよろこびが、女のお前にはわかるまい。三年目の今年は、攘夷《じょうい》のぶっそうなど時勢もあって江戸中の道場から腕達者がわれもわれもと申し出て、どのような組合わせにしたものか、わしは肝煎りの一人として頭を痛めているところじゃわい」

そこで咳払《せきばら》いをすると、「それにじゃ」と、髷《まげ》の髪もとぼしくなった白髪頭をそびやかした。

「今年こそ、わしは勝ち抜いてみせる。その自信があるのじゃぞ。それをなんじゃい、わしに出るなというのか、お前は」

「そりゃあ、八幡様の氏子総代のお前さんが、やっとう好きの方々と語らいあってはじめたことは、重々承知してますし、よろこんでおりますよ」

「だったら、つべこべぬかすことはあるまい」

「でもねえ、お齢《とし》を考えなさいな。今年、おいくつです？」

「あん？」

「還暦を二つも越えて、六十二ですよ、お前さんは」

「だから、何だというのじゃい？」

五つ歳下《としした》のおみねは、自分も小皺のあつまる口もとをすぼめてしばし黙ってからいった。

「そりゃあねえ、お前さんが五十で店を久助《きゅうすけ》にゆずって隠居なさったとき、隠居後の道楽にやっとうをぜひやりたいと申されたのを、あたしは、町人だてらにとは止めはしませんでしたよ。若い時分からお前さんがやっとう好きだったことは、ようく承知してましたし、ほかに道楽のないお前さんの躰《からだ》のためにもいいだろうと思ったからですよ。石の上にも三年だから、三年つづけられればいい。これは夢だが、もしも切紙《きりがみ》が頂戴《ちょうだい》できたら必ずやめる、とお前さんはいってましたしね」

「ふむう、その通りじゃよ」

「あたしは、一年もつづくまいと思いましたね。でも、お前さんはやれ腰が痛いの、やれ肩の筋がつるの、などといいながらも、一年どころか杉山先生の道場に五年、六年とかよいつづけて、七年目には切紙を頂戴しましたねえ」

「五十七のときじゃったな。じゃが、それだけではないぞ」

「はい。翌年には中ゆるしまで」

切紙あるいは切紙目録とは師が門人にあたえる最下の免許状で、次に目録、準免許あるいは中ゆるし、さらに免許あるいは奥ゆるし、そして皆伝と上がってゆくのである。

中ゆるしまで夫が得たことはおみねには意外であり、またうれしかった。

「あのお齢で、町人風情《ふぜい》のお前さんがよくぞおやりになりました。でも、あのとき、おやめになればよかったのですよ」

「そうはいかぬわい。老骨に笞《むち》打って八年稽古をつづけて、ようやく剣術の面白さと深さがわかってきたのじゃからな」

しみじみという幸兵衛の皺顔には額のあたりに面だこがあり、じっと半眼をとじて黙ったその容姿からは、小柄な老爺《ろうや》ながら油問屋の並みの隠居とは思えぬ、剣客《けんかく》の風格といえるものが漂っていないではない。浴衣《ゆかた》の袖《そで》から突き出た両腕の、ことに左の腕《かいな》は筋肉が盛りあがって、剣術の稽古で鍛えたそれである。しかし、その両の腕には、どどめ色に腫《は》れあがった打ち身や痣《あざ》も見うけられ、幸兵衛は隠すようにしているが、咽喉《のど》もとには突かれたあとが黝《くろ》ずんだ痣になって残っている。そして、現にさっきも幸兵衛は老妻に脇腹《わきばら》の痛む箇所に膏薬《こうやく》を貼《は》らせ、背中のツボへ灸《きゅう》をすえさせていたのである。按摩《あんま》を呼んでの揉《も》み療治は、常日頃のことになっている。

老夫の痛々しい打ち身と痣から眼をそらしたおみねは、しかし、むしろ明るく言葉をついだ。

「でも、よかったじゃありませんか。還暦の祝いの年に、念願がかなって八幡様の奉納試合にお出になられたのですから。あのときをしおに、おやめになればよかったのに。お前さんもそうすると、あれほどいってたじゃありませんか」

「わしも試合に出られた還暦を機に、やめるつもりじゃった。じゃが、あの結果ではのう……」

幸兵衛は両顎《りょうあご》の骨がぶつかりあって鳴るほどに強くうなずいて一人合点をして、

「やめられん。やめられんのじゃ。この男の気持は到底お前にはわかるまい。もういい、つべこべぬかさんでくれ」

と皺顔の前で蠅《はえ》でも追うように手を振ると、せわしなく扇子《せんす》を使い、もう金輪際耳には入れぬといった顔つきで渋茶を啜り込んだ。

数日前に梅雨が明け、江戸の空は晴れわたって暑い日がつづいているが、ここ深川佐賀町の油問屋上州屋の奥庭にある老夫婦の隠居所には、日暮れともなれば大川の夕風がひんやりと吹き込んでくる。さほど遠くない富岡八幡宮の森で鳴いていたミンミン蟬《ぜみ》の声がやんだと思ったら、涼やかな蜩《ひぐらし》の声がきこえてきた。

そこへ、嫁のおたえが七つになる孫の盛太郎の手をひいて、母屋から裏庭を近づいてきて、

「そろそろ夕餉《ゆうげ》の支度ができますよ」

と声をかけた。

幸兵衛は二人の顔を見ると別人のように相好をくずして、盛太郎を手招きした。

「盛太郎、夕餉の前に爺《じい》と一汗かかぬかい。ほれ、竹刀《しない》を持っておいで」

隠居所の土間に立てかけてあった子ども用とおとな用の竹刀を嬉々《きき》としてとってきた幼な子から自分の竹刀を受けとると、幸兵衛は庭に降り立ってまず竹刀にびゅーッと素振りをくれてから、

「さあ、盛太郎、かかってまいれ」

と青眼に構え、入歯をはずしたままの口から油問屋の隠居とは思えぬ気合を発した。

おみねは嫁のおたえと顔を見あわせて苦笑いしただけだったが、おたえの方は、竹刀を構えて背筋をぴんと伸ばした舅《しゅうと》の立ち姿を、さも頼もしそうに眺めた。

二

ガキの時分は生まれ在所の上州勢多《せた》郡大胡《おおご》在の堀越村で野良《のら》仕事を手伝い、十二歳で江戸に出て深川の油屋に丁稚《でっち》奉公《ぼうこう》した幸兵衛は、来る日も来る日も天秤棒《てんびんぼう》をかついで、油売りに精を出した。灯油の菜種油《なたねあぶら》である。

上州は武術の盛んなところである。かつて大胡城主であった上泉伊勢守秀綱《かみいずみいせのかみひでつな》が新陰流の祖となったごとく、上州各地に各流派の道場が多く、たとえば多胡《たこ》郡馬庭《まにわ》村には念流道統八代目の樋口又七郎定次《ひぐちまたしちろうさだつぐ》がひらいた馬庭念流の道場があり、武士だけでなく百姓や町人も剣術を学んでいる。

上州の百姓は剣術好きなのだ。幸兵衛もガキの時分からそうだった。しかし、江戸に出て丁稚奉公の日々に剣術を習う余裕などはない。行商の途中、町道場の武者窓にかじりついて、稽古を見物して油を売るのが精一杯の楽しみだった。

酒もほとんど飲まず、廓《くるわ》遊びなどまったくせずに、身を粉にして働いた甲斐《かい》あって、二十六で郷里からおみねを嫁に迎えたときは、小さいながらも自分の店をもった。そして、働き者のおみねと二人、五人の子をなしながら地道に稼いで、四十のときには油問屋の主人《あるじ》になっていた。

(あれからだったな、大きな失敗《しくじり》もすれば、またとない幸運にも恵まれたのは)

あのころを思い出すたびに、幸兵衛は四十二の厄年《やくどし》が人生の転機だったとつくづく思う。その大厄を乗り切って、四十五のときには、油問屋が軒をならべるここ深川佐賀町の油堀に、押しも押されもせぬ油問屋上州屋の大店《おおだな》を構えることができた。

それから五年後、幸兵衛は五十歳で店を倅《せがれ》の久助にゆずって隠居した。ペリー来航の三年前、嘉永《かえい》三年のことである。

ほかになにひとつ道楽のない幸兵衛は、隠居をしおに、ガキの時分からやりたいと思っていた剣術を習うことにした。

五十にもなった高齢の、しかも町人が、隠居後の道楽に剣術を初手から習う例は古今東西まれであろう。

近くの仙台堀に香取神道流《かとりしんとう》の町道場をかまえる杉山三左衛門《さんざえもん》は、ふだん顔見知りの幸兵衛の訪《おとな》いをうけ、入門の趣をきいて仰天した。五十人ほどいる門弟のうち、半数以上が御家人の子弟などの侍だが、深川の場所柄、町人の弟子も大勢いる。だが、年配者は四十に近い大工棟梁《とうりよう》が一人いるだけで、あとはみな血気盛んな二十歳《はたち》前後の若い者ばかり、それも鳶《とび》の者や木場の筏師《いかだし》など、身のこなしの敏捷《びんしよう》な者が多い。

しかし、三左衛門は幸兵衛の入門を快く許した。三左衛門自身、五十を過ぎて、師範代をさせている倅の吉之助《きちのすけ》にそろそろ道場をゆずって隠居しようかと考えていたので、隠居したばかりの幸兵衛の願いが他人事《ひとごと》とは思えなかったからだが、

（長つづきはすまい）

とも思ったからである。

幸兵衛は木刀と竹刀を買うと、翌日から嬉々として杉山道場にかよいはじめた。

まず基本である青眼の構えからの面打ちとその足運び。倅よりも若い兄弟子の桶屋《おけや》の梅吉に、木刀と竹刀の握り方から教えてもらった幸兵衛は、道場のいちばん端で、行ったり来たり、その面打ちの素振りだけをやらされた。町道場だからさして広くはないが、それでも縦四間（約七メートル）横六間（約十一メートル）はあり、「ええいッ、ええいッ！」と大声に掛け声をかけながら五十男が木刀を振って三回も往復すると、ハァハァフゥフゥ心ノ臓が飛び出すほどに息が上がり、まだ春先だというのに汗がしたたり落ちた。

古流の実戦剣法である香取神道流の基本の面打ちは、「巻き打ち」といって、左肩

に振りかぶって素早く強く打ち出す。かつて合戦では兜《かぶと》の前立《まえだて》が邪魔になって真っ直《ます》ぐ頭上へは刀を振りかぶれなかったから、左肩へかつぐようにしたのである。

幸兵衛は幼いころから土用の炎天下でも泥田を這《は》いまわって草とりをし、江戸に出てからは重い油桶の天秤棒をかついで油を売り歩いたので鍛えた足腰は丈夫で、辛抱強いが、いつの間にか躰がなまっていて、五十にしてはじめて習う剣術の動作は、錆《さ》び釘《くぎ》を無理矢理曲げるがごとくになんともぎごちない。かたわらで見ている師匠気取りの梅吉が、こんなぶきっちょな爺さんに教えなきゃならねえのかと、あからさまに舌打ちをして首を振るほどで、まわりで見ている門弟たちも、殊《こと》に侍たちは顔をしかめ、嘲《あざけ》りの笑みを浮かべる者さえいる。

幸兵衛自身、おのれの躰の固さ、覚えの悪さ、そのぶきっちょさ加減はわかって、余計なところに力を入れるから疲れもはなはだしく、三日目から躰のあちこちが痛み出し、湯上がりの老体のそこいらじゅうに膏薬をおみねに貼らせ、揉ませたりしながら、みじめなことおびただしい。

(やはり、この齢では無理か)

つくづくそう思う。しかし、「やめる」とはいわなかった。

道場主の杉山三左衛門が時折、

「幸兵衛殿、それでよいのじゃ。その調子、その調子」

と声をかけてくれ、手ずから教えてくれたからである。

束脩《そくしゅう》をはずんだ幸兵衛へのお世辞半分、おなじ年寄りの同情半分があったかもしれないが、三左衛門は門弟から慕われる苦労人で、武士も町人もわけへだてなく接していた。

三月《みつき》、四月《よつき》と経《た》ち、防具をつけない素面素籠手《すめんすこて》で、兄弟子に掛り稽古ができるようになったが、したたかに打ちのめされたり、足がらみをかけられて倒されたりで、躰の傷が絶えない。木刀による型の稽古も覚えが悪く、われながら情ない。そして、何が情ないといって、若造の師範代や腕自慢の御家人の侍たちから、

(ご隠居さんよ、ご無理をなさらず、おやめになってはいかがでござろうな)

とでもいいたげな、哀みと蔑《さげす》みの眼で見られることである。

半年以上が過ぎ、その年の秋、さすがに幸兵衛自身、一向に上達しないおのれに愛想がつきて、師の三左衛門に弱音を吐いた。すると、三左衛門はおだやかにいった。

「おやめになりたいのであれば、無理に止めはせぬが、半年や一年の稽古《けいこ》で剣術の面白さがわかるものではござらぬ。かくいう侍のそれがしも、無器用ゆえにいかに稽古をかさねても上手にならず、いくど投げ出してしまおうかと思ったか知れ申さぬ。さ

りながら、わが流にはつぎのごとき道歌がござる」

そういって、一首を披露した。

下手こそや上手の上の鏡なれ
そしるべからずかへすがへすも

「下手は上手の鏡」

以後、その言葉が幸兵衛の口癖になった。

それまでは、上手な兄弟子の技を見て感心ばかりしていたが、自分よりあとから入門してきた初心者の下手さ加減を見る眼が変わった。見取り稽古の眼がすすんだのである。

こうして稽古を一日も休まずにかよって一年が経ったとき、三左衛門から、面、胴、籠手をつけての試合稽古を許された。幸兵衛は大金を出して、かなり凝った防具をあつらえた。

古来、剣術の稽古は、木刀での型の修得であった。流派によってそれぞれの理合《りあい》にあった型があり、これらの型が師から弟子へ口伝で伝えられ、その流派の剣を極めるとは、基本の型から奥伝あるいは秘伝の型までを修得することである。
しかし一方、たがいに相手と自由に打ち合えるよう、新陰流の祖、上泉伊勢守秀綱が割竹を革袋に入れた袋竹刀を考案し、これが柳生《やぎゅう》新陰流に伝わってひろまり、また正徳年間には直心影《じきしんかげ》流の長沼四郎左衛門《しろうざえもん》がある程度木刀の打ちに堪えうる防具を考え出し、竹刀も考案され、さらに宝暦のころに一刀流の中西忠蔵が、面、胴、籠手を考案して用い、これが改良されて、文政期のころから現在の剣道で使われているのとほぼ同様の防具を多くの流派が使うようになった。もっとも、胴は割竹をならべて牛の韋革《なめしがわ》で綴《と》じた作りである。

幸兵衛は、はじめて防具をつけて兄弟子に稽古をつけてもらったとき、面鉄《めんがね》を通して相手がよく見えず、また何とも息苦しくて、三、四合も打つと目の前が真っ白になり、反吐《へど》が出そうになった。間もなく慣れたが、面をつけての真夏の暑さには閉口した。汗止めの手拭《てぬぐい》を頭にまいているのに、顔中から汗がふき出て両眼に入るだけでなく、流れる汗が皺《しわ》の多い顔面をみみずのごとくに這うので痒《かゆ》いが、かくことがならず、顔中をしかめて耐えるほかはない。むろんこのようなことにも慣れて、稽古がすんで面をはずしたときの爽快感《そうかいかん》と井戸端で躰《からだ》の汗をぬぐうときの喜びがこたえられない。

商売のことや老後の不安などまったく考えずに全力を出しきった満足感だけでなく、躰中の毛穴から心身にたまった俗世の澱《おり》がきれいさっぱりしぼり出たようである。

幸兵衛がこうして剣術の稽古をはじめて三年、嘉永六年六月三日、アメリカのペリー提督ひきいる軍艦四隻《せき》が黒煙を吐いて浦賀沖に来航した。この突然の黒船の出現に江戸市中は、

――夷狄《いてき》来襲。

とばかりに、鼎《かなえ》が沸くごとくに騒然となった。

ペリー艦隊は九日後には江戸湾を退去したが、武士たちは海岸警備に大挙動員され、江戸市中の武具商は大繁盛《はんじょう》、武術がみなおされて、町道場が雨後の筍《たけのこ》のごとくにふえた。翌年正月には、ペリー艦隊の再来航。しかもこんどは七隻の大艦隊である。

「どうじゃ、わしには先見の明があったろうが」

幸兵衛は老妻と倅夫婦の前で面ずれのできた、すっかり禿《は》げ上がった頭《こうべ》をそびやかしていった。

深川にも新しい町道場がにわかにふえ、幸兵衛のかよう杉山道場にも侍と町人の入門者が多く、相変らず最年長は幸兵衛だが、新参者の先輩となり、なにかと教える側である。

幕末の武術は、松平定信《さだのぶ》の寛政の改革で武芸が奨励されて以来、盛んになり、文政・天保《てんぽう》以降、江戸で三大道場といえば、京橋アサリ河岸の鏡心明智《きょうしんめいち》流桃井春蔵《もものいしゅんぞう》の士学館、九段坂下マナイタ橋の神道無念流斎藤弥九郎《やくろう》の練兵館、神田お玉ヶ池の北辰一《ほくしんいっ》刀《とう》流千葉周作の玄武館だが、この当時ほかにも麻布狸穴《まみあな》の直心影流男谷《おだに》精一郎の男谷道場、その男谷に入門して免許皆伝をうけた島田虎之助《とらのすけ》の浅草新堀の島田道場などの名だたる道場は数多く、男谷からやはり免許皆伝をうけた勝麟太郎《りんたろう》は新堀の島田道場で島田の代稽古をつとめていた。

そして、以前は他流試合を禁じる流派が多く、いまも許さぬ流派があったが、防具の改良などで、近年、竹刀による他流試合が盛んにおこなわれるようになっていたのである。

杉山道場に入門して七年目、幸兵衛は五十七歳の正月、道場主杉山三左衛門から切紙目録をうけた。

幸兵衛がうけた切紙目録は、香取神道流の初歩の基本の太刀、「表之《ノ》太刀四ヶ条」で、

一、五津之太刀
一、七津之太刀

一、霞《カスミ》之太刀
一、八筒之太刀

の太刀遣い四本の組太刀を習得した旨《むね》が三左衛門の筆で記され、つぎのようにしたためられていた。

——兵法ハ儒者道ノ根源ナリ。然《シカ》レバ則《スナワ》チ、上古ノ者、深浅ノ二種ヲ以《モッ》テ兵法ノ要ヲ得ント欲ス。故《ユエ》ニ先祖、飯篠伊賀守《イイザサイガノカミ》大岳入道長威斎《チョウイサイ》、当社香取太神ニ歩ヲ運ブコト一千日、参満ツルニ到《イタ》リテ、天地陰陽ノ二神、中央ニ天降《アマクダ》リ座ス。天真正、則チ神変童子ノ尊形ニテ、長威斎ニ向ハセ給《タマ》フ。汝《ナンジ》、当社ニ参籠《サンロウ》一千日、大望成就《ジョウジュ》スル有リ。是《コレ》ニ来タレト。梅ノ古木ノ上ニテ剣書一巻ヲ授与シ給フガ故ニ、今ニソノ妙術ヲ行フ。曰《イワ》ク、男子タル者、兵法ヲ知ラズシテ有《ア》ルベカラズ、太刀ヲ抜カズシテ人ニ勝ツコト、神刀流ノ建立《コンリュウ》ナリ。古今ノ人ヲ観《ミ》ルニ、習ハズシテ道ニ達シ正理ヲ得ルコト有リ。然リト雖《イエド》モ、日々習則ハ不敏ノ者、癶《ソムク》ナリ。古語ニ曰ク、百度ノ稽古ニ日々ノ煉《レン》、奇特アリト。依《ヨッ》テ奇特、神変ヲ得ルナリ。以上。

室町時代、下総国《しもうさのくに》香取郡の郷士飯篠長威斎家直がおこした天真正伝《てんしんしょうでん》香取神道流は、長威斎の門人であった松本備前守政信《まさのぶ》を流祖とする鹿島神陰流とともに香取・鹿島の太刀といわれ、長威斎の香取神道流を学んだ塚原卜伝高幹《ぼくでんたかもと》のおこした新当流もまたこの道統である。

由緒《ゆいしょ》ある日本古流剣術の切紙を授って幸兵衛は、これを神棚に上げて礼拝し、富岡《とみがおか》八幡宮《はちまんぐう》にお礼詣《まい》りをすますと、老妻のおみねをともなって船で深川を発《た》ち、下総国香取神宮に参籠した。

さらに鹿島宮にも参詣《さんけい》して、旅からもどると、油問屋の取引先や町内の者を料亭に招待して、たいして飲めない酒に酔いしれた。そして、隠居所に倅夫婦たちを呼び、まだよちよち歩きの盛太郎を膝《ひざ》に抱きとって、上機嫌にいったものである。

「あと三年、わしも修行をつめば、還暦のときには江戸で名人上手の一人になれるかもしれぬ。還暦の祝に、ぜひ他流試合に出てみたいものじゃわい」

三

六月十五日の赤坂日枝神社の山王祭、九月十五日の神田明神祭とならんで江戸の三大祭といわれる八月十五日の深川富岡八幡宮の祭礼がにぎやかにすんだ半月後、大老井伊《いい》直弼《なおすけ》が三月に江戸城桜田門外で水戸脱藩浪士らに暗殺された万延元年の九月一日、第一回の富岡八幡宮奉納試合は、末社鹿島神社の例祭日に八幡宮境内でおこなわれた。

氏子総代の一人である幸兵衛がいい出して奔走し、本所深川の大方の道場主の賛同をえ、町奉行所の許しもうけて、開催に漕《こ》ぎつけるまでには一年余を要した。剣術の盛んなご時勢とはいえ、剣術を習う者が武士も町人もわけへだてなく、しかも流派を超えて日頃の技を神前で競う催しは、大江戸八百八町ひろしといえども初めてのことである。勝負事と新しいもの好きの江戸ッ子の話題になった。

「町人の手練《てだれ》がお侍に勝つかもしれねえぜ」

「おいらも習っとくんだったなァ。やっとうはできねえが、火消しのトビロで飛び入りってのはだめかねえ」

「北辰一刀流と鏡心明智流じゃ、どっちが勝つだろうね」

「鏡心明智流は他流との試合はご法度《はっと》だそうだ」

「なんでえ、出ねえのかい。直心影流と香取神道流は出るんだろうな」

「どちらも出るそうだ。香取神道流じゃ、六十の油屋のご隠居が出るっていうぜ」

「へええ、油屋の隠居がねえ。勝てるのかい？」

「六十の隠居だろうと、名人達者は強えぞ。やっとうは力じゃねえ、技だ。六尺豊かな猛者《もさ》の若侍が六十、七十の爺《じい》さんに赤子の手をひねられるごとくあしらわれるってもんだ。だから、剣術は面白えし、凄《すげ》えのよ」

参加道場は、第一回なので本所深川を中心に六流派八道場。道場主あるいは師範代が順ぐりに審判をつとめ、各道場から四、五名ずつが出場した。幸兵衛の香取神道流杉山道場からは、御徒組《おかちぐみ》の御家人で師範代につぐ腕前の二十八歳になる戸張竜三郎《たつさぶろう》ほか四名で、中ゆるしまで受けた幸兵衛も出場した。

還暦を迎えた幸兵衛が最年長かと思ったら、腕におぼえのある侍の老人が参加を申し出て、最高齢は古稀《こき》をすぎた七十三歳の武家のご隠居。

勝抜き戦で、初戦の対戦相手は当日の朝、八幡宮神前の籤引《くじびき》で決まった。幸兵衛の相手は、本所入江町の浅山一伝流梶川《かじかわ》道場の武藤金作、四十代の鳶《とび》の親方である。

（これは勝てる。いや、是が非でも勝ってみせるわい）

幸兵衛は皺顔を充血するほどに興奮させ、八幡宮に必勝を祈願した。

太鼓が打ち鳴らされて、いよいよ試合がはじまった。

勝負は時間無制限の一本勝負。道場ではふつう三本勝負だが、古法にのっとって一本勝負としたのである。

試合がすすんで、幸兵衛の番になった。早々と防具をつけて控えていた幸兵衛は、進み出て一礼し、さらに進み出て、竹刀《しない》を青眼に構えた。

充分に間合がある。が、竹刀を構えた瞬間、おなじく青眼に構えた相手がやけに大きく見えた。防具をつける前に見たときは、自分よりやや背丈の低い小肥《こぶと》りの四十男の鳶の親方が、である。

「やあーっ！」

幸兵衛は腹の底から裂帛《れっぱく》の気合を吐いた。声の大きさと凄《すご》さでは、道場で一、二を争う幸兵衛である。最近では、気合をかけるときの形相もすさまじく、新参の弟子はたじたじとするほどだ。

が、鳶の親方もまたすさまじい気合を吐いて応じてきた。

幸兵衛は寸毫《すんごう》もひるむことなく、ジリッと間合をつめた。

(退《さが》るなッ)

師の叱咤《しった》する声が胸裡《きょうり》にひびいていた。道場での稽古のとき、臆《おく》して思わず退る幸兵衛へ、師の三左衛門は決して退るなと注意した。師範代の吉之助などは、幸兵衛が気おくれして退ると、手荒な突きをくり出してきて道場の羽目板に追いつめて怒号するほどである。

(勝ちたい。勝たねばならぬわい)

幸兵衛はその一心でなおも前に出た。何しろ生涯の願いがかなっての試合であり、家族と町内の者が期待して見物しているのだ。

たがいに竹刀の剣尖《けんせん》がわずかに交わる一足一刀の間合に入った。双方、技を仕掛ければ相手を斬《き》れる間合である。

どちらが仕掛けるか。仕掛ける潮合はまず三つある。相手が仕掛けようとした瞬間の出鼻をとらえて打つ。即《すなわ》ち、出鼻面《でばなめん》、出籠手《でごて》がそれである。次に、相手が居付いて隙《すき》ができたとき。そして、相手が退ったときだ。

幸兵衛の眼に、次の瞬間、相手の竹刀の剣尖が下って、咽喉元《のど》に隙ができたように見えた。

(勝ちたい！)

幸兵衛はまたもすさまじい気合を吐いて、肉迫すると同時に突きを繰り出した。いや、突くと見せて、面を打ちにいこうとした。香取神道流霞の太刀の技のひとつである。

次の刹那《せつな》、勝負はあっけなく決した。

両腕を伸ばした幸兵衛は、右籠手をバシッと打たれたのである。

「勝負あり！」

審判の声がひびきわたった。

幸兵衛は何が起ったかわからず、呆然《ぼうぜん》とした。われにかえり、すごすごと引き退った。

「見事な負けっぷりでござったな」

あとで師の三左衛門が微笑していってくれたが、幸兵衛は皺顔を嚙《か》みしめてうつむいていた。

杉山道場では戸張竜三郎がかなり勝ち進んだので道場の面目をほどこし、門弟一同祝盃《しゅくはい》をあげたが、幸兵衛は早々に席を脱け出して隠居所にもどった。

(悔しい。情ない)

われながら何とも未熟であった。

竹刀を構えたとき、まず気おくれがあった。それで、相手が大きく見えたのだ。そして何よりも、勝とう勝とうと、勝ち急いで、惨敗《ざんぱい》を喫したのである。欲に眼が眩《くら》んだ若造のごとくではないか。還暦を迎えた男がなんたる態《ざま》か。剣術では欲心をもっとも嫌う。

勝とう勝とうと思って勝てるものではなく、勝ち急げばなおさらである。

しかしながら、勝とうと思わずして勝てるものでもあるまい。勝てる、という自信があってこそ、勝てる。

勝ちたいと思う欲心と、勝てると思う自信の間には、千里もの距《へだた》りがあるのではあるまいか……。

幸兵衛はそう気づいた。

相手の鳶の親方は一枚も二枚も上手《うわて》であった。剣尖を下げて隙をみせ、勝ち急ぐ幸兵衛を誘ったのだ。それを見極められず、幸兵衛は誘いに乗って技を仕掛けた。

(わしはどこを見ていたのじゃ!)

「目付《めつけ》」がなっていなかった、と思った。

剣術での目の付け方は、香取神道流に限らず大方の流派で「遠山の目付」という。遠くの山を見るごとく、細部にとらわれず全体を見よ、即ち細かい動きに惑わされずに大局を見よ、というわけである。

おなじことを、二天一流の宮本武蔵《むさし》は、『五輪書』の中で「観見《かんけん》二つの事、観の目つよく、見の目よはく、遠き所を近く見、ちかき所を遠く見る事、兵法の専也《せんなり》」といった。即ち「観の目」とは、相手の心を見極める心の目、「見の目」とは、相手の細かい動きも見極める目といってよく、相手の表面の動きに惑わされることなく、その本質を観《み》よ、ということであろう。

師の杉山三左衛門からこの武蔵の「観見自在の目付」についても話をきいていた幸兵衛は、

と大衆の前ではじめて試合をし惨《みじ》めな敗《ま》けを喫して、身をもってようやくわかった。剣尖を下げた相手の動きに惑わされて、相手の誘いの心を読めなかったのである。それも、退るまいとただ一途《いちず》に思い、勝ちたい一心だけで、勝ち急いで前に出たからである。

「ふむう。剣術とは面白いものだ。いやいや、なんとも奥が深い」

幸兵衛は声に出して独りごちた。そして、大声で笑った。

「まあまあ、あんなにしょげていたのに、どうなさったのです？」

老妻のおみねに声をかけられて、幸兵衛はいったものである。

「明日からの稽古《けいこ》が一段と楽しみじゃ。〝負けて覚える相撲かな〟というではないか。剣術もおなじじゃよ」

それから一年、次の奉納試合にむけて、幸兵衛隠居の猛稽古がつづいた。

杉山道場でも春には毎年親善試合をしたが、その年の試合に幸兵衛は初めて兄弟子に勝つことができた。それも道場内で五指に入る侍に、である。

（どうせ勝てまい、負けてもともと）

そう思って幸兵衛は、青眼に構えて相手の動きを見ていた。仕掛けない幸兵衛に相手が焦《じ》れて面を打ってきた。その瞬間、幸兵衛の躰《からだ》がおのずと動いた。「巻き打ち」の面を素早く繰り出し、その竹刀が相手の竹刀のしのぎを削って切り落とし、面上を打っていたのである。

「お見事でござった、幸兵衛殿」

試合後、三左衛門が一同の前で褒めてくれた。

「遠山の目付で山の如《ごと》く聳《そび》え立って、勝ち急がず、我慢して我慢して、相手の出鼻を打つ。その無心の技が出ましたな。日頃の稽古の賜《たまもの》ですぞ」

三左衛門でさえ、会心の無心の技は年に何回もないという。幸兵衛は天にも昇る心地だった。

そして、三左衛門は幸兵衛に敗れた高弟を叱責《しっせき》した。

「相手をみくびってはいかん。慢心こそおのれの敵ぞ」

門弟一同の面前で町人の隠居の弟弟子に敗れた上に、師からきびしく叱責されて、三十半ばの武士は、歯をくいしばって顔を上げようとはしなかった。幸兵衛は前に進み出て平伏し、丁重に礼をのべたが、一瞥《いちべつ》されただけだった。あとで稽古のときが怖いと思ったが、その後そのようなことはなく、むしろ懇切《こんせつ》に教えてくれるようになった。

そしてその秋、第二回の奉納試合を迎えた。二回目は本所深川だけでなく、浅草、神田などの道場も参加したので出場者がふえ、三人の女剣士までが加わり一層の話柄《わへい》を呼んだ。しかも、優勝者には米二俵、他の上位の者には味噌《みそ》、醬油《しょうゆ》、灯油、反物などの賞品が出た。

今回も当日の朝の籤引で対戦者が決まった。幸兵衛の相手は、なんと女剣士。それも、神田お玉ヶ池の北辰一刀流玄武館の小太刀の遣手《つかいて》、武家の妻女である。

(相手は女性《にょしょう》……)

幸兵衛は波立つ心気を鎮《しず》めて試合にのぞんだ。が、一礼して相対《あいたい》した瞬間、純白の道着と白袴《しろばかま》に派手やかな防具をつけた小づくりな相手に、これまで感じたことのない戸惑いを覚えた。しかも、華奢《きゃしゃ》とも見えるその風姿を幸兵衛にさらすごとく、小太刀の竹刀をほとんど無構えに右脇《わき》に構えて、やや半身《はんみ》となったのである。そして、甲高い美声の気合を発した。

(なに! 女性であろうと容赦はせぬ)

幸兵衛は臓腑《ぞうふ》の底からの気合を噴いた。

派手やかな防具の下にいかなる武家の妻女が身をおいているのか、もはや微塵《みじん》なりとも脳裡《のうり》をかすめはしなかった。幸兵衛もその老体をさらすごとくに半身となり、竹

刀を右脇構えにとって、

（さあ、おいでなされ）

というごとく、面前をがらあきにしたのである。

双方、互角。たがいに間合をつめた。そして、やや遠間で両者はピタリと静止した。

幸兵衛が左、右と一瞬に踏み込んで、三尺七寸の竹刀を相手の面上に打ちおろせば、真っ向唐竹割りに斬れる間合である。が、幸兵衛は焦《あせ》ってその技を仕掛けるような愚はしなかった。もし面打ちを仕掛ければ、小太刀の相手は瞬時に間合をつめて入身となるやいなや、幸兵衛の打ちおろす大刀の竹刀を小太刀の竹刀のしのぎですり落して、次の瞬間、刃を返した小太刀で幸兵衛の面を打つからである。

時折、道場で小太刀の相手と稽古を積んでいた幸兵衛には、それがわかった。

接近せねば短い剣が遣えない小太刀の技では、みずから間合をつめて死地に飛びこむ気勢で「後《ご》の先《せん》」をとろうと、幸兵衛が仕掛けるのを待っているのだ。

しばしの時が流れ、女剣士は幸兵衛が誘いに乗らぬと見て、ゆっくりと小太刀をあげて中段に構えを移した。幸兵衛もこれに応じておなじく中段の青眼に構えた。

またも双方互角。いや、その数呼吸後、女剣士がチョコチョコッと無造作に近寄ってくるかのように、小太刀の剣尖をやや下げて間合をつめてきた。

（面に隙あり！）

幸兵衛の躰がおのずと動いた。素早く巻打ちに面を打つ。が、そこに女剣士の姿はなかった。

幸兵衛は竹刀を振りかぶろうと左肩にかついだ刹那、右脇の下を風のごとくすり抜けてゆく相手を意識した。

「勝負あり」

こんども幸兵衛は初戦であっけなく敗れた。

試合後、幸兵衛は、右脇の下にかすかな痛みを覚えた。もし真剣の小太刀であったなら、脇の下の筋を斬られて鮮血がほとばしり、幸兵衛は生涯、右腕の自由を失ったであろう。

玄武館の女剣士は、小太刀を右肩にかつぐようにして身を沈めて幸兵衛の脇の下を瞬時に走り抜けたのである。

審判の武士は、北辰一刀流小太刀のその技を一瞬に認めて、女剣士の勝を宣した。

四

「また負けたのかい、爺《じい》ちゃん」

六つになった孫の盛太郎に翌日いわれて、幸兵衛は、面だこのできた禿《は》げ上がったおでこを平手で叩《たた》いて苦笑いしながらいった。

「弱いのう、爺ちゃんは。出ると負けじゃ。勝ったためしがない」

すると、かたわらから嫁のおたえが何気ないふうにいった。

「勝負は、必ず片方が負けるものですよ」

「あん？」

老齢のせいだけでなく、防具の上から横面《よこめん》をしたたかに叩かれるせいもあって、近頃、耳が遠くなった幸兵衛は、きき返してからうなずいた。

「なるほど、どちらか一方が必ず負けるのう。勝つ者がいれば負ける者がいる。おたえのいう通りじゃ」

剣術の勝ち抜き戦では、勝つ者より負ける者がふえてゆく。今回の奉納試合では、八十四名の者が勝負をして最後に勝ち残った者は当り前のことながら一人、あとの八十三名の者は、順位はどうあれ敗れた者たちである。

試合がすすむにつれて、ふえてゆく敗者たちはいずれもうなだれ、悔しさを満面にあらわす者、諦《あきら》める者……さまざまである。

「この世の中が正にそうじゃな」

と幸兵衛は半ば独り言にいった。

わずか一握りの者が勝者となる。だが、それが優れた者、良き者とは限らない。悪人もいる。運不運もある。大方の者が勝ち残れず、しかし善良に地道に生きているのだ。

「それでよろしいではございませんか」

と嫁のおたえは、いっているようである。

そういえば、第一回のときに幸兵衛に勝った四十男の鳶《とび》の親方も二回戦には敗れて肩を落していたし、今回の女剣士も三回戦に直心影流の侍に敗れてすごすごと引き退った。面をとった三十前後のその武家の妻女の顔は、かすかな笑みを浮かべながらも両の眼に無念の涙をにじませていた。

「それにしてもじゃ、少しは勝ち進んでみたいものよ。なに、爺は諦めはせんぞ、盛太郎。また一年、稽古、稽古じゃ」

今回は女剣士という意外な相手だったとはいえ、またも心の動揺があって敗れたのである。

剣術では「四戒」といって、

――驚《きよう》、懼《く》、疑《ぎ》、惑《わく》

の四つが戒められる。すなわち、驚きや恐怖や疑いや惑いがあっては、無心の技を出せず、剣の道を極めることはできない。

（十年以上、剣の修行をして、しかも還暦を過ぎたこの齢《とし》になりながら、心の修行がまったく足りぬわい）

つくづくそう思う幸兵衛へ、師の三左衛門はいった。

「武術では何事にも動ぜぬ心、〝不動心〟こそ大切じゃが、かつて将軍家指南役であった柳生新陰流の柳生但馬守宗矩《たじまのかみむねのり》殿に沢庵《たくあん》禅師が与えた『不動智神妙録《ふどうちしんみようろく》』と申す一書がござる。以前に読み、その一部を写しとっておいたのがこれです」

手渡された巻物にはこうしるされていた。

――敵ニ我ガ心ヲ置カバ敵ニ心ヲトラハレ、我ガ身ニ心ヲ置カバ我ガ身ニトラハレ候《ソウロウ》。我ガ身ニモ心ニモ心ヲ置クベカラズ。太刀ニ心ヲ置カバ太刀ニ心ヲトラハレ候。拍子合ニ心ヲ置カバ亦《マタ》拍子合ニ心ヲトラハレ候。コレミナ心ノ止《トド》マリテ手前抜ケ殻ニナリ申シ候。貴殿、御覚エ有ルベク候。仏法ニハ此《コ》ノ止マル心ヲ迷ヒト申シ候。故《ユエ》ニ無明住地煩悩《ボンノウ》ト申スコトニテ候。

幸兵衛が読みおわるのを待って、三左衛門は言葉をついだ。

「わが流に限らず、武術にてはこの『止マル心』すなわち『止心《ししん》』を嫌う。驚き恐れ疑い惑いの心が残っているからそこに心が止まり、執着して、無心になれずに気持が動じてしまう。『不動智』とは、止心を去って、いかなることにも動ぜぬ心と申せましょう。即《すなわ》ち不動心じゃ。これは言うに易《やす》く、行うに難しじゃ。このわしとていまだ不動智にはほど遠い。しかしじゃ、幸兵衛殿」

三歳年上の三左衛門はひと膝《ひざ》乗り出した。

「貴殿も齢じゃ。これまでのような稽古ではなく、止心を捨てていかなる相手にも動ぜぬ心の剣を学んだらよろしかろう。いや、かくいうそれがしも、老齢ゆえ、不動智の剣をこれから学ぶ所存じゃ」

「これから……」

「実は、正月がきたら道場を吉之助にゆずって、遅くなってしまったが隠居するつもりじゃよ。そして、来年の奉納試合にはわしも出る」

「え、先生も……」

「幸兵衛殿に、老いの生き方を教えていただいた。隠居したらただ楽をして暮らすのではなく、齢をとったからこそ好きな道を極めて楽しむ生き方ができることをの。年が明ければ六十五になるわしは、これから修行して、香取神道流のわし自身が極めた不動智の剣が遣えたなら、たとえ他流との試合には勝てずとも、これに過ぎるよろこびはござらぬ。のう、幸兵衛殿、貴殿も明日から不動智の剣を修行なされよ」

こうして年が明けた文久二年の今年、杉山道場では隠居した元道場主の杉山三左衛門と油問屋の隠居幸兵衛の老人が、折々二人だけの稽古《けいこ》をするようになった。

老人二人は、木刀を青眼に構えて対すると、剣尖《けんせん》が触れあうか触れあわないかの間合でほとんど微動だにしない。そして、三左衛門が気合を発して気攻めに咽喉《のど》元を突きで攻めてきても、幸兵衛はわずかなりとも退らず、間合も切らず、また思わず両腕が上がって面なり籠手《こて》なりへの攻めの技に移らず、むしろみずから咽喉を突かせるごとくにジリッと前に出て、心身ともに攻めの気迫を強める。もし、動ずると、

「動くな！」

と三左衛門の叱咤《しった》が飛んだ。つまり、いかなる相手の技にも動じない、その稽古である。

が、師に攻められると、どうしても下腹がピクリと上がって、その動揺が躰にあらわれてしまう。

やがて両者は真剣をもってこの稽古をした。白刃《はくじん》は恐ろしい。その白刃の切っ先がキラリと光って咽喉元を突いてきても、微塵も動ぜず、構えを崩さない。三左衛門の

白刃の剣尖は咽喉の皮一枚の隙間《すきま》でピタリと止まるのだが。

また、防具をつけての稽古では、実際に突いてくる師の竹刀《しない》の剣尖に、自分から突かせる気構えで前に出る。逃げたらば、なお突かれる。三左衛門が突いた瞬間に手加減をしてくれることもあるが、まともに面垂《めんだれ》を突かれて仰向《あおむ》けにひっくり返ることもたびたびだ。まともにひっくり返れば、後頭部をしたたかに打って脳震盪《のうしんとう》を起すであろうし、老いの背骨を痛めるであろうが、ふしぎにそれはない。しかし、他の門弟とこの稽古をすると、相手の突きが防具はずれに入って、咽喉元が赤く腫《は》れ、そのあとがどす黝《ぐろ》い痣《あざ》になって残る。老妻には見せないようにしていたが、見つからぬわけはなく、おみねは剣術の稽古をやめるようにうるさくいうようになったのである。

こうして迎えた夏、幸兵衛はいかなる相手にも動ぜぬ剣を目ざして、老人とは思えぬ荒稽古をつづけながら、近くの臨済宗要津寺《ようしんじ》にかよって坐禅《ざぜん》もするようになっていたが、七月の土用のころから風邪《かぜ》をひいて、稽古と坐禅を休むようになった。

咳《せき》がおさまり熱はひいたが、夏風邪は容易に抜けない。その日も道場を休んで幸兵衛は嫁のおたえが煎《せん》じてくれた風邪薬の熱湯を大きな湯呑茶碗《ゆのみぢゃわん》でフーフー吹きながら啜《すす》っていた。

「まもなく、八幡様《はちまん》のお祭りですね」

かたわらから心配そうにのぞき込んでいたおたえがいった。八月十五日の八幡宮の祭礼がくれば、半月後には奉納試合である。あと一月と少ししかない。

う、うッと幸兵衛は唸《うな》って湯呑茶碗を畳に置いたが、黙って俯《うつむ》いている。その鼻先から水っ洟《ばな》がツーツーッと糸を引いて垂れた。

「あらっ、おじいちゃま」

慌《あわ》てておたえが手拭《てぬぐい》を差し出すより早く、幸兵衛は懐《ふところ》をさぐって鼻紙をとり出すと、大きな音をたてて洟をかんだ。そのついでに、まるめた鼻紙で咽喉元の汗もぬぐうと、

「あん、なんじゃ?」

と片方の耳に手をあてがって嫁女を見たが、

「わかっちょる、試合は一月余の後じゃ」

そういって、うなずいた。

おみねは寺参りに出かけて留守で、盛太郎もどこで遊んでいるのか、隠居所には嫁女と二人きりである。

「ご無理をなさいませんように」

おたえが気遣っていうと、幸兵衛はまたうなずいて、

「試合に出るのをよそうかと思っておるのじゃよ」

と弱々しい声で意外なことをいった。おたえが驚いて、

「お風邪は間もなく治りますよ」

というと、

「いや、そういうことではない」

幸兵衛はまた垂れそうになる水っ洟をすすり込んでから言葉をついだ。

「要津寺で坐禅をしていてふと思ったのじゃが、『お面』『お籠手』『お胴』と相手を叩いて喜んでおるのが、急に馬鹿《ばか》らしくなった。人さまの頭を叩いてうれしいとは、おかしなことよ。剣術はなんと理屈をつけようと、所詮《しよせん》は人殺しの殺法じゃ。物に動ぜぬ心の修行と思ってしている稽古も、殺法に変わりはない。武士ならともかく、町人のやることではあるまい。ようやく、そう気づいた。おみねに話せば、それみたことかといわれるゆえ黙っていてほしいんじゃが、お前はそうは思わぬかい」

「さあ……」

少し考えておたえはいった。

「お風邪で気が弱くなっているのですよ」

「あん？」

幸兵衛は聞き返したきり、吐息をついて黙った。

「少しおやすみなさいませな」

床についた幸兵衛に薄い布団《ふとん》をかけて隠居所を出ようとしたおたえは、いっそう眉《まゆ》を曇らせた。仰臥《ぎようが》して両の眼をつむり、皺《しわ》深い咽喉の肌に酷《むご》い痣をとどめた、痩《や》せて小柄な舅《しゆうと》の寝姿に、老いの深まりを見て胸を衝《つ》かれたからである。

(ほんとうに、奉納試合にお出にならないつもりかしら……)

五

ようやく夏風邪が抜けた幸兵衛は、しかし疲労が残っているらしく道場へ三日に一度ほどしかかよわずにいたが、八月十五日の富岡八幡宮大祭の前日に隠居所から姿を消し、道場にも現れなかった。嫁のおたえにだけ、

「香取に詣《もう》でる」

とのみ言い残して、旅に出たのである。

両国河岸から小名木《おなぎ》川を溯《さかのぼ》り、江戸川に出てさらに利根《とね》川へと船旅をして、翌日には香取神宮に参籠《さんろう》した。そして七日七夜、坐禅をして過した。

柄にもなく、香取神道流の祖、飯篠伊賀守長威斎に倣《なら》ったつもりだが、七日七夜の

参籠くらいでは、「天地陰陽ノ二神、中央ニ天降《アマクダ》リ座ス」こともなく、「梅ノ古木ノ上ニテ剣書一巻ヲ授与シ給《タマ》フ」霊験《れいげん》もむろんなかった。

宿にもどって疲労困憊《こんぱい》した老いの身を久しぶりに湯舟につけて、

「う、うっ」

と呻《うめ》きをもらしたとき、突然、二十年前のことが鮮《よみがえ》やかに甦った。まず、四十一歳の前厄の年のことである。

小さいながらも油問屋になった幸兵衛は、その年の油菜《あぶらな》の不作を見込んで、菜種油を大量に買い込んで大儲《おおもう》けをねらった。おもわく通り、全国的に油菜は不作で、菜種油の価格は日に日に高騰《こうとう》した。

一割高、一割五分高、二割高……。品不足で、問屋仲間が幸兵衛の店に買いにきたが、あと一割、あと五分、あと三分……と欲を出して、もっと高くと売りおしんでいる内に、価格が急落し、結局、仕入れ値の半額にも満たぬ安値で売るはめになって大損をした。

(……そうであった。わしが商いの気合というものを身をもって知ったのが、あのときだったのだ)

大きな商いでは、欲をかき、損得に気持を惑わされ、執着し、びくびくして、容易に無心にはなれない。だから大損をした。そこで幸兵衛は、翌年、またも油菜が不作と見て、本厄の年にもかかわらず、できる限りの油を買い込み、損得をあれこれ考えず、忘れるようにして普段通りの商いに精を出した。その結果、もっとも高値のときに売ることができ、前年の大損をとりかえした上に儲けが出た。「商いの気合」を会得《え》《とく》して大厄を乗り切ったのである。以後、その気合で商いをして、上州屋の身代を築くことができた。

「商いも剣術と同じじゃわい」

幸兵衛は湯舟の中で大声を発していた。

商いにも理合があり、惑わされて動ずれば損をし、執着の止心を離れて、観見自在の目付で大局を見極めて無欲となれば、必ず利を得る。

幸兵衛はすでにその極意を商いにおいて会得していたのである。

「そのわしに、剣術においても不動智の剣、無心の剣が遣えぬわけがない」

幸兵衛はなおも声に出して、湯舟からざぶりと立ちあがっていた。

その幸兵衛が深川の隠居所にもどったのは、奉納試合の前日であった。

そして迎えた第三回富岡八幡宮奉納試合の当日、神前で籤《くじ》を引く小柄な幸兵衛の姿があった。

初戦の相手は、浅草新堀の直心影流島田道場の大河原権八郎《ごんぱちろう》。島田道場で師範代につぐ腕達者の三十二歳の大兵《だいひょう》の武士である。

今年は前回以上に参加道場が多く、出場者は八十二名で、最高齢者は七十八歳。第一回から参加した七十三歳だった老武士も今年も出場していた。そして、幸兵衛の師杉山三左衛門も言葉通り名を連ねていて、初戦の相手は七十五歳となったその老武士、下谷長者町一刀流道場の小谷文太夫《ぶんだゆう》であった。

神主の祝詞《のりと》奏上があり、太鼓が打ち鳴らされて、試合開始である。幸兵衛は、見にきていた老妻のおみねと嫁女のおたえと孫の盛太郎に微笑してうなずいて見せると、控えの幔幕《まんまく》の内に入って防具をつけた。組合わせでは、幸兵衛の試合の前が師の三左衛門と老武士の試合である。

番数がすすんで、師のその試合になった。

双方、一礼し、進み出て竹刀を構えた。幸兵衛よりは少し背が高いが、中肉中背の三左衛門は青眼の構え、対する小谷文太夫は老齢とはいえ六尺に近い骨太の体軀《たいく》で、前回同様に上段の構え、それも今年は一刀流の極意、金翅鳥王剣《きんしちょうおうけん》の大上段の構えである。

金翅鳥とは、片羽八万里もあり、三千年に一度、巨翼をひろげて羽搏《はば》く姿は垂天の

雲のごとき黄金の大鳥で、南溟《なんめい》の空を飛翔し、大海に猛り狂う怒龍《どりゅう》を襲う。龍をおび
き出し、浮き立たせて、存分の働きをなさせ、そのことごとくを見極めて、巨龍が万
策つきたところを啄《ついば》み喰《くら》う。金翅鳥王剣は、そのようにして上段からの一刀で敵を斃《たお》
すのである。

前回は三回戦で敗れたとはいえ、老齢ながらこの一年さらに練磨をつんだ進境が、
その上段の構えに現れている。一方、三左衛門は相手の左籠手に剣尖をつけるやや高
めの青眼に構えて、静かに年長の老練の士に対した。

双方、やや遠めの間合で気合を発して相対する。文太夫の王剣は、大上段からのた
だ一太刀で三左衛門の面なり籠手を打たねばならない。それをはずされれば、二の太
刀はない。三左衛門は相手の初太刀をはずせば、勝機が生じ、また相手が打ちおろす
より一瞬早く飛び込んで攻めても勝機が生じるが、背が高く猿臂《えんぴ》の長い相手の懐に入
るのは至難の技で、うかつに間合をつめれば、相手の術中に陥る。

しかし、じっと注視していて幸兵衛は、三左衛門が微塵《みじん》も動ぜず、やや短い三尺六
寸の竹刀の剣尖から火焔《かえん》が噴くごとくにその剣尖の気を相手の咽喉元に集中している
のが見てとれた。老武士はじょじょにその気におされて、大上段に舞いあげた長尺の
剣尖を鶺鴒《せきれい》の尾のごとくふるわすのみで、打ち出すことができない。

と、次の刹那《せつな》、三左衛門の体《たい》が動いた。相手も左片手上段の打ちを三左衛門の面上へ振り下ろす。が、一瞬早く三左衛門の突きが面垂を突いて、老武士は仰向けに跳ね飛ばされていた。

「勝負あり」

三左衛門は起きあがらぬ相手にちらと気づかいの視線をむけて、一礼して引き退《さ》がったが、老武士はわずかに身をふるわせただけで、起きあがろうとはしなかった。道場の者が駈《か》け寄り、四方から抱えて運び出した。

運び込まれた幔幕の内に、動揺がひろがった。当年七十五歳の小谷文太夫は、すでに事切れていたのである。

幸兵衛の脳裏に、かつて中ゆるしをえたとき三左衛門から聴いた剣刃《けんじん》上の一句が浮んだ。

白刃《ハクジン》ノ下ハ必ズ死地ナリ
臆《オク》スレバ弥々《イヨイヨ》死ヲ求メ
死ヲ求メテ却《カエ》ッテ生ヲ得ル
此レ則《スナワ》チ死中ノ活ナリ

竹刀や木刀でも、一刀の下は死である。小谷文太夫の死は老齢による事故ではなく、剣刃下での自然の死であった。そして、三左衛門は技が上であったというより、金翅鳥王剣に動ぜず、おのれを無にして敵の白刃下に死を求めて、死中の活をえたのである。

立ちあがり進み出て、今日の相手、島田道場の直心影流の達者、大河原権八郎に対したとき、幸兵衛は穏やかな笑みさえ浮かべていた。勝つとも思わず、負けるとも思わず、水に映る月のごとき生死を超えた静かな心境で竹刀をいつもの青眼に構えた。そして、静かに気合を発すると、半歩間合をつめたきり微動だにしなかった。

「動くな」

その師の言葉も脳裏から消えていた。

どれほどの刻《とき》が流れたであろう。

同じく青眼に構えた巨軀《きよく》の大河原権八郎が堪《こら》えきれずに攻撃に転じた一瞬、幸兵衛の剣尖《けんせん》がわずかに権八郎の咽喉《のど》元へ伸びた。微風が吹いたようであった。

峠の剣

一

三国《みくに》峠にほど近い山間《やまあい》の湯は、紅葉も散り、雪の訪れを間近にして湯治客の大方が帰り、風の音のほかはひっそりとしていた。

沼田城下から湯治にきていた絹は、腰痛がかなり癒《い》えて、そろそろ倅《せがれ》か嫁が迎えにくるころだと思いながら、今日もいくどめかの湯にひたろうと湯小屋にむかった。

ここの湧《わ》き湯は弘法《こうぼう》大師が巡錫《じゅんしゃく》の折にみつけたと伝えられ、法師の湯と呼ばれている。三国街道の上州永井宿から半里《はんみち》（約二キロメートル）たらずの山峡にあり、一軒宿である。

夕陽がかげり、それでなくても薄暗い湯小屋の内には、湧き湯の溢《あふ》れる音がひそかにしているだけで、人気も感じられなかった。絹は丸太で囲った湯舟の一つにいつものように身を沈めてから、隣の湯舟にいる男の子に気づいた。

十にみたぬであろうか。湯舟の端につかまって、おとなしく首を浮かべている。

「おや、気づきませんでした」

手拭《てぬぐい》で胸をかくしながら、半ば自分につぶやくように絹は声をかけた。男の子はきこえないふりをしてか、向うをむいてしまった。男女混浴だから気にすることはないのだが、恥ずかしいのだろう。絹は話しかけないことにして、ほどよい温さの、やわらかい湯の心地よさにうっとりしながら、それとなく眺めた。

はじめて見る顔である。近くの百姓家の子かもしれないが、それにしては、躰《からだ》つきが華奢《きやしや》で、武家の子のような気品さえ感じられる。男の子は隣の湯舟に見知らぬ老女がいることなど忘れたふうに、湯舟にわたしてある枕《まくら》がわりの丸太につかまってそっと泳ぐしぐさをしてみたりして、おとなしく一人遊びをしている。その幼さがほほえましく、絹の口もとはおのずとほころんでいたが、少年の孤独も感じられて、

(どのような子なのであろう)

と不審もいだいた。

絹は今年五十三になる。沼田藩の納戸《なんど》役であった夫のもとに嫁ぎ、五人の子をもうけ、舅姑《しゆうとしゆうとめ》には孝養をつくして最期《さいご》を看《み》とり、嫡男《ちやくなん》に嫁をもらい、娘たちは嫁がせたが、家督をゆずって隠居した夫に三年前に先立たれた。嫁いだ娘たちには子ができたが、嫡男夫婦はまだ子宝に恵まれず、絹は躰《からだ》の衰えを感じながらも、我が家の初孫

の顔を見るのを楽しみに、なに不自由ない老後の日々を送っている。

その絹の眼に、湯治場の薄暗い湯舟でひっそり一人遊びをしている裸体の少年が、孤児《みなしご》のようにもふと思えた。

絹は先に出ることにして、湯小屋の隅の板敷で躰をぬぐい、着物を着た。そこへ人が入ってきた。

枯木のように痩《や》せこけた白髪白髯《はくはつはくぜん》の老翁《ろうおう》をおぶった、六十年配と見える男である。無精髯《ぶしょうひげ》を生やし、半纏《はんてん》をまとっている。絹は軽く会釈《えしゃく》をした。

会釈をかえした男は、背中から老翁をおろすと板敷に坐《すわ》らせ、着物を脱がせ、襁褓《むつき》をとっている。プンとなまあたたかい尿の臭《にお》いがした。

「大変でございますね。お手伝い致しましょうか」

見かねて絹は声をかけたが、

「いえ、どうぞおかまいなく」

男はぼそりといい、絹に背をむけて褌《ふんどし》ひとつになり老翁を抱えあげ、耳もとで繰り返し声をかけながら、湯舟へ連れていった。耳も遠く、眼も手足も不自由そうな老翁は、喜寿をすぎているであろう。その襁褓の世話までしている男は、身寄りの者か。

「小太郎、先に来ていたのか」

男は湯舟で遊んでいた男の子にそういうと、老翁の股間《こかん》をざっと洗ってから、肩にすがらせて湯に入れ、

「ここに来て、ひいじいさまを支えておれ」

と男の子に命じた。

「はい、じいちゃん」

そう答えたところをみると、男は少年の祖父であり、身の不自由な老翁は曾祖父《そうそふ》なのであろう。

老いさらばえた父を、老いた息子が幼い孫と湯に入れている姿に胸うたれながら、湯小屋を出た絹は、夕なずむ法師川のせせらぎに眼をやって、つぶやいていた。

(あの子の父と母は、どうしたのであろう……)

帳場の炉端に宿の亭主がいたので、白湯《さゆ》を所望した絹は訊《たず》ねてみた。

「両親《ふたおや》ともに、亡《な》くなったようでございますな」

自在にかかる鉄瓶から茶碗《ちゃわん》に白湯をついでくれた五十年配の亭主は、話しはじめた。

「武兵衛《ぶへえ》さんが病いの父親の喜左衛門《きざえもん》さんと永井宿にきましたのは、十年も前でございましたでしょうか。そう、あの日は大雪で、三国峠は越えられず、春まで峠がとざされた日でございました。喜左衛門さんは長旅の途次、中風《ちゅうぶう》で倒れたとかで、ひと冬、

永井宿に武兵衛さんと滞在して、この湯にも折々まいりましたが、病いは癒えず、武兵衛さんが峠を越えて国許《くにもと》にもどり、乳呑児《ちのみご》を連れてまいりましたのは、春になってからでございました」

「あの小太郎さんというわらべですね」

「左様で。以来、武兵衛さんは男手ひとつで育て、病いの父親を看病しながら、宿の人足などして永井宿で暮らしてまいりましたが、もとはお武家さまでございますよ」

「まあ、お武家で……」

「小太郎に剣術など教えているようでございます」

「あの子に……」

「理由《わけ》あってのことでございましょう。武兵衛さんは誰にも話しませんが、越後国《えちごのくに》のさる藩のご家中であったようで……」

「いま、おいくつになるのですか」

「はて、六十になったはずですよ」

その武兵衛がなぜ武士を捨て、老耄《ろうもう》の父と幼い孫と三人で暮らしているのであろう。

そういえば、生前の夫から絹は、そのような武士が永井宿に流れてきたと、きいたような気もした。

部屋にもどって、湯疲れの躰を布団《ふとん》によこたえた絹は、夕暮れの薄闇《うすやみ》が訪れた小径《こみち》を、永井宿のほうへ立ち去ってゆく三人の後姿を見送った。武兵衛が老父を背負い、上体をかがめ、孫の小太郎に手を引かれている。その武兵衛の足運びも、おぼつかないふうであった。

二

翌日の午後、絹は永井宿にゆき、それとなく武兵衛の住まいを探した。

永井宿は猿ヶ京《さるがきょう》関所からほぼ一里（約四キロメートル）、三国峠への登り口にあり、峠を越えて運ばれてくる越後米の取引場と、参勤交替や旅人の上州十三宿の最終宿として栄え、本陣があり、旅籠《はたご》は十五、六軒もある。武兵衛の住まいは、その宿場はずれの山裾《やますそ》にあった。藁《わら》ぶき屋根のくずれかけた陋屋《ろうおく》である。

縁側の日溜《ひだま》りに、白髪白髯の喜左衛門が、置き忘れられたようにぽつねんと蹲《うずくま》っていた。立ち止まった絹は庭先から会釈をしたが、気づかぬらしく、窮屈そうに身をこごめ、痩せ衰えた手をのろのろとさしのべて、縁側の板のささくれかなにかをむしっている。その身が柱にくくりつけられているのに、絹は気づいた。

（何ということを……）

思わず縁側に走り寄り、声をかけようとして、鼻がまがるほどの臭気をかいだ。襁褓がはずれて、糞尿《ふんにょう》がもれているのだ。

（まあ、お気の毒に……）

死の床で舅姑の襁褓の世話もした絹は、考えるよりも先におのずと手が動いていた。柱にくくりつけてあった帯をはずし、喜左衛門を寝かせ、手早く股間をぬぐい、竿《さお》に干してあった襁褓と襦袢《じばん》もとりかえた。

「恐れ入るのう、恐れ入る……」

喜左衛門は譫言《うわごと》のようにつぶやいていたが、瞼《まぶた》の垂れさがった隙間《すきま》からむけられた白濁した眼は、ほとんど見えぬらしく、誰に世話になっているかも分明でない様子である。絹は他人の家であることも忘れて、二間しかない部屋にあがり、敷かれていたせんべい布団に喜左衛門を寝かせた。こまいの剝《む》き出た壁の前の刀掛けに、大小が置かれていた。

絹は井戸端にゆき、腰の痛みを感じながら、喜左衛門の汚れ物の洗濯もした。洗いあがった襦袢や襁褓を竹竿に干しているところへ、武兵衛がもどってきた。

眼が合い、武兵衛は怪訝《けげん》な表情をしたが、絹はバツの悪さにぽっと頬があからむのを感じた。襷《たすき》がけをして干し物をしている自分が、押しかけ女房のような気がとっさにしたからだが、それがおかしくもあった。

「お手前は、昨夜の……」

武兵衛が先に声をかけた。

「はい。法師の湯に逗留《とうりゅう》しておりまする絹と申します。通りがかりまして、不躾《ぶしつけ》とは存じましたが、ご尊父さまが……」

言いよどむと、部屋に寝かされている喜左衛門に眼をやった武兵衛は、

「ご親切に恐れ入る」

と頭をさげた。絹を武家の妻女と見てか鄭重《ていちょう》な侍言葉である。それでいて、あたりを見まわし、

「小太郎め、どこへ……」

と舌うちしてつぶやき、干し物を自分でしようとした。

「いえ、これはわたくしが」

絹は武兵衛の手を制して、手早く干しつづけた。干し終わり、手桶《ておけ》なども片づけて、挨拶《あいさつ》して帰ろうとすると、縁側にいた武兵衛が、しばし休んでゆくようにといったので、絹は縁側に腰をおろした。身の不自由な喜左衛門をなぜ柱に縛っておいたのか、

訊ねたくもあったのである。

絹の声は、おのずと難詰《なんきつ》する刺《とげ》をふくんでいた。

「見苦しいところをお眼にかけ、面目次第もござらぬ」

武兵衛は恥じ入る様子でうつむき、悲しげにちらと座敷の布団に眠る喜左衛門に眼をやってから、

「柱にあのようにしておきませぬと、転げ落ちたり、いずこへ這《は》ってゆくかもわかりませぬゆえ、致し方なく……」

苦悩の面もちでいい、

「父はすでに八十路《やそじ》、それがしの顔も折々忘れるほどでござるが、武士の一分《いちぶん》にて生き長らえておりまする。いや、余計なことを申した」

庭先に視線をうつし、

「孫には眼を離さぬよう申しつけておるのでござるが、あの者も旅籠の走り使いなどしておりますれば」

そういって、絹を見た。

そこへ、小太郎がもどってきた。両手に枯れすすきと日溜りに咲き残っていたのだろう野菊をかかえている。

「どこで道草を喰っておったのじゃ」

武兵衛は叱《しか》ったが、ぺこりと絹に会釈をして井戸端のほうへゆく孫息子を、眼を細めて見やりながら、

「女子《おなご》のように花が好きでござってな」

とにが笑いした。

継ぎの当たった筒袖《つつそで》と股引《ももひき》姿の、無精髯を生やした六十年配の武兵衛が、なぜ武士を捨てて宿場人足などしながら、老耄の父と幼い孫息子と暮らしているのか、絹は訊ねたかったが、辞去することにした。すると、武兵衛があらためて礼をのべ、途中まで送ってゆくという。

「熊《くま》も出ますゆえ、日暮れは物騒でござる」

すでに夕暮れが訪れていた。絹は送ってもらうことにした。

道々、絹は自分のことを話した。武兵衛が齢恰好《としかっこう》といい、話し方といい、少し足を引きずる歩き方といい、亡夫に似ているように思えたからである。そして、別れ際《ぎわ》に、気になっていたことを訊ねた。小太郎の死んだ両親のことではなく、先刻、老耄の喜左衛門が武士の一分で生き長らえていると武兵衛がいった、そのことをである。

武兵衛はしばし黙っていたが、薄闇を通してじっと絹の眼を見つめ、低い声で答え

た。

「それがしにも、武士の一分があり申す。仇討《あだうち》でござる」

三

（識《し》り合ったばかりの武家の後家に、なぜ、大事をもらしてしまったのか）

提灯《ちょうちん》の明りで足もとを照らしながら陋屋にもどる道すがら、木村武兵衛はいたく後悔し、齢のせいで怺性《こらえしょう》がなくなり、気も弱くなったのかと、そのおのれを半ば蔑《さげす》み、半ば叱責《しっせき》しつつ、苦笑もした。

倅源之丞《せがれげんのじょう》の敵《かたき》を探し求めて、老父の喜左衛門と国許を出立したのは、十一年前であった。

十一年。

その辛酸の歳月が、夢のようにも、他人事のようにもふと思えて、ほろ苦い笑いが歪《ゆが》んだ老いの口もとに浮かんでもきたのである。

しかし、十一年前の初秋の夜の光景は、脳裡《のうり》に深く刻まれている。

越後長岡藩の徒士《かち》小頭《こがしら》であった武兵衛は、家督を一人息子の源之丞にゆずり、老父喜左衛門の隠居所を建増しして老妻と暮らしはじめていたが、妻に病いで先立たれ、その四十九日がすんで間もなく、事件はおこった。

その夜、母家《おもや》の座敷では、源之丞が新妻の多加に酒肴《しゅこう》をはこばせ、朋友《ほうゆう》の近習《きんじゅう》役梶《かじ》原左近《わらさこん》と碁を愉《たの》しんでいた。

源之丞はあまり酒癖がよくない。そのことは折々きびしくたしなめていたのだが、母の四十九日がすみ、今宵《こよい》は久々の酒を楽しみつつ友と碁に興じているのであろうと、武兵衛は初孫の顔を見ずに死んだ妻の位牌《いはい》を見やりながら、嫁女の多加がはこんでくれた酒を徐《しず》かに独酌していた。

談笑の声がきこえていた母家が急に静かになった。庭の虫の音がしている。すると不意に、源之丞の怒鳴り声がきこえ、罵声《ばせい》がとびかい、それきりまた静まりかえって、碁石を打つ音も話し声もしない。虫の音《ね》だけが甦《よみがえ》っている。

その静寂に不審をいだいた武兵衛は、濡れ縁に出てみた。中庭のむこうの座敷の障子に、立ちあがる人影が映った。刀を鞘《さや》におさめる左近である。

（何事！）

武兵衛は渡り廊下を走った。走りながら、庭にとび出して門のほうに消えた人影を見た。

座敷をのぞいて、アッと息をのんだ。抜き身の大刀の柄《つか》をつかんだまま、源之丞が碁盤に倒れ伏している。碁石が飛び散り、碁盤からしたたる鮮血が畳にひろがっている。

「源之丞……」

抱き起こした武兵衛の腕の中で、源之丞はすでにことされていた。逆袈裟《ぎゃくげさ》の一刀で脇腹《わきばら》から心ノ臓へと斬《き》られていたのである。

「いかが致した？」

隠居所の一室で床に入っていた喜左衛門が、異状を感じて顔を出した。台所にいた嫁女もそこにきたが、懐妊三月《みつき》の多加は、夫のあまりにも無惨《むざん》な姿を眼にして、くずれるように膝《ひざ》を折った。

武兵衛は隠居所にとってかえすと、大刀をつかみ、庭の闇を走り、左近を追った。武家屋敷の建ちならぶ往還には、すでに左近の姿はなく、雲をはなれた新月の光がわずかに闇を照らしていた。

武兵衛は駆けた。齢《よわい》五十だが、足腰は達者で、剣は無念流を遣う。藩主出行《しゅっこう》の警衛役である徒士小頭を長年勤めた腕は立つ。左近は藩で五指に入る一刀流の遣手《つかいて》だが、ひけをとるものではなかった。

（おのれ、許せぬ！）

片腕なりとも斬り落し、藩庁に突き出す所存である。

敵討《かたきうち》は上長の死にたいして、目下の者が仇を討つ。親の敵を子が、兄の敵を弟が、主君の敵を家来が、師の敵を弟子が討つのである。逆縁の敵討は許されない。

しかし、わが家の内で左近を討てなかったのが悔まれる。せめて一太刀なりともあびせて、子の仇をはらしたい。

「左近、いるか！」

左近の屋敷に踏みこむや、武兵衛は刀の柄に手をかけて呼ばわった。

玄関に出てきたのは、乳呑児を抱いた妻女であった。左近はわが家にも立ち寄らず、いずれかへ行方をくらましたらしい。城下を探しまわったが、ついに左近の姿はなかった。

翌日、藩庁へ届出た。

やがて裁きがあった。梶原家は喧嘩《けんか》殺人の上に出奔の罪で断絶。木村家は、主人の源之丞を斬り殺されて改易。家禄《かろく》を没収されたが、城下に住むことを許され、多加に一子誕生の折は、首尾よく父の敵を討ったとき木村家再興を許すとの、藩主牧野備前守忠精《びぜんのかみただきよ》の慈悲ある沙汰《さた》であった。

しかし、それは何年先か。

木村家の親戚《しんせき》知人も左近を追ったが、他国へ逐電《ちくてん》した左近の行方は杳《よう》として知れなかった。

「彼奴《きゃつ》の行方なりとも我ら父子で突きとめねば、源之丞が浮かばれまい。歳月が経《た》つほど面倒になるぞ」

古稀《こき》を迎えていた喜左衛門が、皺顔《しわがお》をふるわせていった。

「では、それがしが一人で」

「何を申す。老いたりといえども、わしはまだまだ達者ぞ」

いい出したらきかない喜左衛門であり、かつては剣の達者で、いまなお矍鑠《かくしゃく》としていた。

その秋、妊婦の多加を残して、五十の父と七十の祖父は、わが子わが孫の敵を追って探索の旅に出た。はじめ越後国を探し、つぎに三国峠を越えて関東に出た。江戸に滞在して越年し四月《よつき》を過したが、江戸藩邸にても何らの情報をえず、関八州をへめぐり、東海道を箱根越えをして駿河国《するがのくに》までいったが引き返し、江戸にもどったときは木枯しが吹いていた。老齢の喜左衛門は風邪をこじらせ、咳《せき》がつづいている。

「父上、いったん国許にもどりましょう」

路銀も残り少ない。帰途、沼田城下まできて、喜左衛門が中風で倒れた。駕籠《かご》を雇い、永井宿にたどりついて、大雪にあった。

「口惜しいのう……武兵衛。わしは……孫の仇を討つまでは、死なぬぞ。……死ねぬわい……国許《くにもと》の土も、それまでは……決して、踏まぬぞ……」

よくまわらぬ舌で、喜左衛門は歪んだ皺顔の眼を宙にすえ、いいつづけた。

翌春、武兵衛はその喜左衛門を永井宿において、国許に帰った。無事に男子を生んだ多加は、しかし産後の病いと心労で死んでいた。武兵衛は乳呑児《ちのみご》の小太郎を抱いて、みたび三国峠を越えて永井宿にもどった。

「おお、これが源之丞の子か。……男子じゃな、めでたい。……この子がみごと敵を討つまで、わしは死なぬ……」

病床の喜左衛門は、不自由な手で曾孫《ひまご》を撫《な》でながら、莞爾《かんじ》とした。

爾来《じらい》、十年が経つ。

家にもどり、歯のない口をあけて眠る老耄《ろうもう》の父と、その曾祖父《そうそふ》に甘えるように寄りそってうたたねしている小太郎を、武兵衛は眺めながら、しばらく傍らに坐《すわ》りこんでいた。

敵の梶原左近が関東にいるという噂《うわさ》はいくどか聞いた。そのたびに武兵衛は噂をたよりにおもむいてはみたが、無駄であった。

——ここ永井にいれば、左近は必ず通る。いつかは必ず国許へ立ち寄るであろう。

その後、左近の妻子は縁者を頼って、三国峠の向い側、越後浅貝《あさがい》の宿ちかくに身を寄せているという。その妻子に会いにくるはずである。

しかし、老父と幼い孫の寝顔を見つめる武兵衛の、深く皺の刻まれた顔は、無精髯《ひげ》のせいばかりではなく、疲労の翳《かげ》が濃く、暗く冴《さ》えない。

(果して、この小太郎に敵が討てるであろうか)

物心ついてから剣術は教えてきたが、いっこうに上達せず、覇気にも乏しい。花や虫が好きで、ひとり遊びや流れる雲を見ているのが好きなこの子には、生来、剣術が向いていないのであろう。父の敵討と申しきかせても、敵の顔はおろか父の顔さえ知らないのである。

助太刀はむろん武兵衛がするが、その武兵衛自身、還暦を過ぎて、ちかごろではとみに躰が衰えている。

それだけではない。そもそも非は酒癖の悪い源之丞にあったのではないか。碁を打ちつつ酒に酔って、些細《ささい》なことで左近に武士として許しがたい恥をかかせたにちがいない。しかも、たかが碁の喧嘩がもとの敵討。

（いや、理由はどうあれ、敵討をせねば、武士の一分が立たぬ！）

喜左衛門のいう通りであり、武兵衛自身、わが身に骨の髄までいいきかせている。

みごと敵討が成就《じようじゆ》すれば、木村家は再興できるばかりか、藩主から褒賞《ほうしよう》され、周囲の賞賛の眼もまぶしい。

しかし、いま武兵衛は深い迷いのなかにあって、揺れうごく心をもてあましてもいた。

（重敵《じゆうがたき》は禁じられているとはいえ、小太郎が左近を討てば、峠の向うにいるという小太郎より一歳年上の左近の子は、生涯、小太郎を父の敵と憎みつづけるであろう）

そのようなことまで、誰かに話し、心の揺れを打ち明けたい思いに、武兵衛はかられている。喜左衛門の襁褓《むつき》の世話をしてくれた絹に、敵討の大事を打ち明けてしまったのは、心の弱まりのせいかもしれなかった。

武兵衛は立ちあがると、刀掛の大刀をつかみ、外に出た。

宵闇《よいやみ》に雪が舞っていた。初雪である。

武兵衛は、片足を引きずりつつ、なお数歩前に出て、居合腰に体《たい》を沈めて大刀の柄に手をかけた。

無念流はその名の通り、無私無念をもって敵を制する。迷いがあっては、勝てるものではない。

武兵衛は闇に舞う雪にじっと眼を据え、丹田《たんでん》に気息をこめ、大刀を鞘走《さやばし》らせた。白刃が一閃《いっせん》した。

しかし、脚に激痛が走り、とどめの一刀を斬りおろしたとき、体が崩れて、よろよろとたたらを踏んでいた。

四

(あれは、左近に相違ない!)

五寸(約十五センチ)ほどつもった初雪が消え残り、また空がどんよりと曇って、雪もよいのその日、武兵衛は永井宿の旅籠《はたご》に宿をとった旅人のなかに、ついにわが子の敵を見つけた。

あれから十一年、四十にちかい梶原左近は、その巨軀《きょく》がやや肥《ふと》り気味になり、顔には逃亡の歳月のすさみが眉根《まゆね》の皺にも刻まれていたが、前歴をかくしていずれかの藩に仕官していたらしく、上等な身なりの旅支度である。旅籠に入るまでは深編笠《ふかあみがさ》で面《おもて》をかくしていたが、部屋に入り、井戸端に出たところを、たしかめたのである。

武兵衛は急ぎ家にもどった。

どこへ遊びにいったのか、小太郎の姿はなかった。喜左衛門はせんべい布団《ぶとん》に寝て、見えぬ眼をひらいていた。今日もきてくれた絹は、喜左衛門の世話をし、別れ際《ぎわ》に、明日は嫡男《ちゃくなん》夫婦が迎えにくるとの報《しら》せがあったので、これでお別れだといい、

「ご本懐を無事におとげあそばすよう、わたくしも陰ながら神仏に祈っております」

と低声《こごえ》にいい、じっと武兵衛を見つめて、帰っていったのだった。

(かたじけない。本日、敵にめぐり会えたのは、絹どののお陰やもしれぬ……)

武兵衛は寝床に横たわる老耄の父を見おろしながら、胸のうちでそうもつぶやいていた。そして、にこりと微笑《ほほえ》む亡妻の面影を、絹にかさねてもいた。

「父上、およろこびくだされ。左近めが、この宿に逗留《とうりゅう》しましたぞ」

武兵衛は身をかがめ、喜左衛門の耳もとで告げた。

「おう、おう……」

と喜左衛門は皺のあつまる喉《のど》をふるわせてうめいた。白濁した両の眼《まなこ》は細くひらかれたままで、表情にわずかな変化もなかった。が、痩《や》せ衰えた手がのろのろとうごき、武兵衛の手をまさぐった。武兵衛はその手を握りしめ、なお耳もとに口を寄せていっ

た。

「おわかりか、父上。明朝、小太郎に討たせまする」

「……………」

「父上もしかとご覧あれ。小太郎に決して、おくれはとらせませぬ。……これで、父上も国許の土が踏めますぞ」

わずかにうなずく喜左衛門の眼から涙が一筋、目尻《めじり》をつたい落ちた。

しかし武兵衛は、遊びからもどった小太郎にすぐには何もいわなかった。祖父と孫はいつものように炉端で粗末な夕餉《ゆうげ》をとった。

敵討では、返り討が許される。決して卑怯《ひきょう》ではなく、敵とねらわれても技前《わざまえ》がまさっているから返り討はむしろ武士の誉《ほまれ》とされた。

左近は当然この十一年、腕を磨いているであろう。わずか十一歳の未熟な腕前の小太郎に勝てるわけがない。

「のう、小太郎」

夕餉をすませてから、炉の燃える火に粗朶《そだ》を折ってくべながら、武兵衛は今夜の照り曇りを話柄《わへい》にするかのように何気ないふうにいった。

「左近と明朝立合うが、普段のじいとの稽古《けいこ》通りにやればよい」

「えっ、父上の敵が現れたのですか」

驚愕《きょうがく》し緊張して、小太郎は問い返した。

「これこれ、左様に気負うでない」

「……」

「わしが常々申しておる通り、敵とも思うな。剣はの、相手を憎んで勝てるものではない。いかに技前がすぐれていようとも、気負っては不覚をとる。ましてお前は、父の顔も知らず、敵の顔も知らぬ。それにまだ幼い。それゆえじいは、この数年、お前に敵討のことを忘れさせようとそのことをいわず、ただ、剣の稽古のみをつづけさせてきた。それも、あまりきびしくはしなかったつもりだ。どうじゃな」

「はい、じいちゃんは、人変わりしたようにやさしゅうなられました」

「そうか、そうか。わしがやさしくなったか。小太郎、お前に教えられたのよ」

「何をでございます?」

「花や虫が好きなお前に、その心をじゃよ」

亡《な》き母の面だちの小太郎は、ちょっと恥ずかしそうに微笑んだ。

「その笑顔じゃ」

武兵衛もにこりとして、

「明日はこのじいが助太刀する。じゃがな、お前の腕前で必ず勝てる。小太郎の好きな虫でもとらまえるように、ただ無心に相手の下腹に突きをくれればよい。ひと突きでよいぞ。必ず小太郎が勝つ。さすれば、冥途《めいど》の母じゃがよろこばれよう。亡き父もじゃ。よいな」

「はい……」

「明朝はひいじいさまもお連れして、暗い内に発《た》つぞ。早よう寝《やす》むがよい。じいも早寝じゃ」

ハッハッハと武兵衛は笑い、小太郎を先に寝かせたが、さすがにすぐには眠れぬ小太郎の隣に横になったものの、武兵衛もまた闇に眼を見ひらいていた。

（ああは言いきかせたが、勝てるか……）

ごうごうと山鳴りがし、猿《ましら》の群れが騒いでいる。やがて武兵衛は静かな寝息をたてていた。

夜明け前に三人は家を出た。小雪が舞っていた。武兵衛は喜左衛門を背負い、小太郎が提灯《ちょうちん》の明りで足もとを照らして、急峻《きゅうしゅん》な峠道を風反《かざそ》りの茶店にむかった。

永井宿から二里（約八キロメートル）で国境《くにざかい》の三国峠山頂、それから下り一里十八丁（約六キロメートル）で浅貝の宿、この三里十八丁を三国峠という。山頂には上州の赤城神《あかぎ》、信濃《しなの》の諏訪《すわ》神、越後の弥彦《やひこ》神の三神が合祀《ごうし》されており、この三国権現《ごんげん》にむから途中、永井宿から半里ほどに風反りの茶店がある。

山の鞍部《あんぶ》で遠目がきくかわりに、麓《ふもと》から吹き上げる風が反りかえるほどに激しい。茶店につくと、夜がしらしらと明けてきた。奥の縁台に喜左衛門を坐らせ、武兵衛と小太郎は身支度をして待った。相変らず小雪が舞っている。

程なく旅人たちが登ってきた。深編笠の左近が姿を現したのは、五ツ刻（午前八時頃）であった。茶店に身をひそめていた武兵衛と小太郎は走り出た。

「梶原左近！」

武兵衛が喝し、小太郎がいった。

「父、木村源之丞の敵、嫡男小太郎が討つ」

声がふるえ、かすれていた。

左近は深編笠の下から二人を見た。口もとが歪《ゆが》み、薄ら笑った。

「源之丞の子か……」

笠をとり、傍らに投げた。なお、小太郎を見据えている。その面貌《めんぼう》にかすかな愁《うれ》いの翳がかすめた。峠の向うで待ちつづける我が子のことを思ったのか。しかしそれは一瞬のことで、哀れみ蔑《さげす》むような笑みが浮かんだ。

「小わっぱとご老体で、拙者が討てるか」

小太郎は刀を抜いたが、気をのまれたようにやや低めの中段に構えた。腰が引けている。

（まずい……）

武兵衛も抜刀し、八双に構えた。

左近はゆるりと大刀を引き抜くと、一刀流大上段の構えをとった。刀を頭上高く直立させ、敵を威圧し萎縮《いしゆく》させる構えだが、前後左右に自在に変化できる構えである。

峠を登ってきていた旅人たちが遠まきにしていた。誰の眼にも、小太郎は巨軀の左近の巌《いわお》のごとき構えの前で、風前の灯に見えた。小太郎が間合に入れば、唸《うな》りを発して振りおろされる刃に、幼な子の頭蓋《ずがい》は割れて血を噴く。武兵衛がわきから仕掛ければ、剛刀は一閃して老体を袈裟《けさ》に斬《き》るであろう。

この場におよんで武兵衛が策を弄《ろう》したところで、小手先の策など通用しない。武兵衛は小太郎がただ無心な風になることを願った。

「ええーいッ！」

左近が威喝の気合を発し、にじり寄った。小太郎は一瞬ひるんで退《さが》った。が、つぎの刹那《せつな》、左近が振りおろす剛刀の刃風《じんぷう》に吸いこまれるように、突き出した剣とともに左近の下腹めがけて駈《か》けた。まるで、さしのべたわらべの手が、風にそよぐ枯れすすきに止まる蜻蛉《とんぼ》を捕えるかのように。

その無邪気の剣が、小太郎をわらべと侮《あなど》った左近の股間《こかん》を深々と刺しつらぬいていた。

左近は信じられぬといいたげな眼を武兵衛にむけて、しばし大刀を振り上げたまま仁王《におう》立っていたが、駈けぬけた小太郎をまぶしいものでも見るようにして倒れた。近づいた武兵衛がとどめを刺した。

やがて、雪の降りしきる峠道を山頂の三国権現へと登ってゆく喜左衛門を背負った武兵衛と小太郎を、風反りの茶店の前から倅《せがれ》夫婦と見送る絹の姿があった。

今日の雪で今年もとざされるだろう三国峠を、前後して登ってゆく三人の後姿が燦々《さんさん》と降る雪に見えなくなっても、絹は杖《つえ》にすがって見送っていた。

最後の剣客

一

対手《あいて》は、右肩に引きつけた大刀を高だかと直立させた。右半身《はんみ》。示現《じげん》流蜻蛉《とんぼ》の構えである。

雲間に出た早春の半月の光が刀身にきらめき、青白い光芒《こうぼう》を放った。刃渡り二尺八寸。幾多の幕臣の血を吸ってきた業物《わざもの》である。身の丈六尺はゆうにある薩摩《さつま》藩士有馬《ありま》伝七郎の剣尖《けんせん》は微動だにしない。鍔《つば》もとが肩先にくる八相《はっそう》の構えより高くとった剣と大兵《だいひょう》の全身から、巌《いわお》も砕く気魄《きはく》がほとばしってくる。

対する仁助《じんすけ》は、浅山一伝《あさやまいちでん》流右脇構《わきがま》えにとった。剣尖を地《じ》擦《ず》りに低く後方にさげ、同じく右足を引く右半身、腰のわきで刀の柄《つか》をにぎり、柄頭《つかがしら》を対手の眼芯《がんしん》にむけている。敵の眼には柄頭しか見えず、刀の長さが消える。小柄な仁助はあたかも無刀のごとく、その全身を月光にさらした。

前後の足にほとんど体重をかけず、ふわりと、水に映る月のように佇立《ちょりつ》している。

伝七郎が裂帛《れっぱく》の気合とともに大刀にひねりをくわえつつ一閃《いっせん》すれば、その刃風《じんぷう》に水月がゆらぎ消えるごとく、仁助の身は緩急自在に変化するであろう。しかし、面上と突き出した左肩ががらあきである。

月光をあびた伝七郎の面貌《めんぼう》に、かすかな薄ら笑みが刷《は》かれた。仁助の構えを誘いと見てとったのだ。間合は二間（約三・六メートル）。ジリッと伝七郎はつま先をにじり間合をつめて来たが、打ち出してはこない。

誘いであり、誘いではなかった。仁助もまたジリッと間合をつめた。

勝負は間合で決まる。練達の剣客《けんかく》はおのれの間合を心身が熟知している。鍛《きた》えぬかれた本能といっていい。

長身の者が長尺の得物を使えば、それだけ遠い間合を確保でき、遠間から勝ちを得る道理だが、しかし、そうではない。気魄、技《わざ》、体《たい》の運用により対手との間合は微妙に千変万化する。その変化のなかで対手の間合を瞬時に計り、おのれの間合で勝負を決する。

仁助は色をも見せず、なおも間合をつめた。我から敵の間合の一線を紙一重で越えた。その刹那《せつな》、伝七郎の剣が唸《うな》り裂帛の甲声《かんごえ》の気合がほとばしった。

「チエーイ！」

秒の何分の一かの瞬速で振り下される白刃《はくじん》が、仁助にはむしろゆるりと見えた。おのれの間合に入った瞬間、仁助は「先《せん》の先《せん》」をとって動作をおこしていたのだ。面上を打ち割ってくる伝七郎の刃風に応じるごとく、その下を駆け抜けた。右脇構えの刀をやや肩先にあげ、かつぐようにしてそのまま、伝七郎の右脇の下を吹き抜ける疾風となった。一伝流「松風《まつかぜ》」の技である。

振り下す伝七郎の剣と滑らす仁助の剣尖が火花を散らし、仁助の剣の鍔もとから物打ちにかけて伝七郎の右脇の下から血飛沫《しぶき》がふく。その光景を仁助は見た。いや、軀《からだ》が感じた刹那、血を噴いたのはおのれの右腕であった。手首を斬《き》り落されていたのだ。

駆け抜けた仁助は振向いて、血潮のしたたる右腕をだらりと下げ、左手に二代康継《やすつぐ》二尺四寸の白刃を片手青眼に構え、残心をとっていた。初めて敗れたのだ。失った右手首の痛みも感じず、月光の下でふたたび蜻蛉の構えをとった伝七郎を茫然《ぼうぜん》と凝視している……。

その右手首の疼《うず》きで岩間仁助は目覚めた。夢がなお瞼《まぶた》の裏の闇《やみ》にゆれている。

これまで幾たびとなく繰返し見た悪夢。この数年は見なくなっていたので安堵《あんど》していたのに、またも見てしまった。臓腑《ぞうふ》の底におしこめ、忘却という蓋《ふた》をかぶせ石の重しを乗せておいたにもかかわらず、力衰えたはずの夢魔はその上げ蓋を瘠《や》せこけた手で持ちあげてきたのである。

暁闇《ぎょうあん》に眼をひらいた仁助は、ふたたび瞼をとじ、寝床の中で左手を右手首に触れた。まるく削られた棒杭《ぼうぐい》のようなつるりとした手首。骨が鈍い痛みに疼いている。冬になるとしんしんと冷える寒《かん》の夜などにいまだに疼きを覚えるが、まだ晩秋だというのに痛みが甦《よみがえ》っている。

(あのとき、無心であった……)

疼く右手首に触れながら、仁助は夢と現《うつつ》の境を漂う心地でつぶやいていた。

あのとき——心身は気魄にみち、それでいて我が技を過信する倨傲《きょごう》な気持は毫《ごう》もなかった。勝つとも思わず、負けるとも思わなかった。勝ちを信じなければ対手の気魄に押されて勝てるものではないが、勝とうと思うとその欲心が先走って勝てるものではない。心のわずかな曇りが、間合を誤らせる。竹刀《しない》の勝負であればそれも稽古《けいこ》になるが、真剣では命を失う。

生と死の間合へ、おのれの間合でいかに無心で踏み込めるか。いかなる流儀も、剣客はこれを会得《えとく》して奥義《おうぎ》をきわめるのである。

上州高崎在から江戸に出て、昌平橋《しょうへい》の森戸《もりと》道場、浅山一伝流十四代森戸三太夫金制《さんだゆうかねよし》の門に入り、弱冠二十三歳で免許皆伝をうけた岩間仁助は、三太夫の推挙で安政元年二月、二十五歳のとき川路左衛門尉聖謨《さえもんのじようとしあきら》に仕えた。五十石取りの微禄《びろく》な徒士《かち》であったが、来日したロシア使節E・V・プチャーチンと長崎で日本全権大使として交渉にあたっていた川路聖謨は、プチャーチンの離日後、江戸にもどり、攘夷《じようい》の志士からつけねらわれる身の危険を感じていたのである。仁助は剣客としてその身辺警護役であった。

その年一月、アメリカ使節M・C・ペリーが七隻《せき》の艦隊をもってふたたび神奈川沖に来航、黒船騒ぎに幕末の世は騒然としていた。開国論をとなえた大老井伊直弼《いいなおすけ》が桜田門外の変で水戸の志士に暗殺されるのは、この六年後、万延元年三月である。

聖謨に仕えた年の四月、下田一帯の取締りを命ぜられた聖謨に従って、仁助も下田におもむいた。

すでに三月、ペリーとの日米和親条約は調印されていたが、聖謨はロシア使節プチャーチンに再度の来航には下田港を認めていたのである。

仁助が初めて白刃を交えたのは、下田港を見おろす崖上《がけ》であった。忘れもしない五月八日の夕暮れ、聖謨の一行が下田港を俯瞰《ふかん》し、海岸見分を終って引き上げようとしたとき、水戸の浪士武田清右衛門《たけだせいえもん》が突然に岩陰から聖謨を襲って来たのだ。

供の若侍が叱咤《しった》して抜刀したが、頭蓋《ずがい》を裁《た》ち割られ血煙を噴いた。

「狼藉者《ろうぜきもの》！」

血ぬれた大刀を上段にとりつつ清右衛門は聖讃に肉薄して来た。割って入ったのは仁助である。居合腰に腰を落して対手を見た。返り血をあびた清右衛門は、齢《とし》のころ三十、精悍《せいかん》な顔つきが鬼神と化している。その名を知られた香取神道《しんとう》流の遣手《つかいて》である。仁助に肉薄するや猿臂《えんぴ》が伸びて左片手斬りに大刀を仁助の頭蓋へ振り下してきた。刀身が唸った。が、それより一瞬速く、仁助は身を半転させるや、大刀の鞘《さや》を払っていた。仁助も片手斬りに逆袈裟《ぎゃくげさ》の一刀をあびせていたのである。一伝流居合術「麒麟《きりん》腰《ごし》」の技であった。

無心のうちにすでに鞘の内で勝負は決まっていたのだ。

清右衛門の巨軀《きょく》は血飛沫を噴いてのけ反《ぞ》り、崖上から消え、断崖《だんがい》をもんどり打って怒濤《どとう》のうち寄せる眼下の荒磯《あらいそ》へと落ちていった。初夏の夕陽が遥《はる》か水平線に没しようとしていた。

(真剣で人を斬り、対手に勝つとは、かようなことか……)

大海原の落日に眼をやりつつ、我にかえった若い仁助は肚裡《とり》につぶやいていた。腰を沈め刀の柄に手をかけた刹那、生も死もなく、勝とうとも負けるとも思わなかった。

五体が何かの「気」に吸い込まれるように自然に動いたのである。

以来、五人の敵を仆《たお》した。

道場剣法とちがって、白刃の剣技は技であって技でなかった。生と死の間合へおのれを捨てきって踏み込み、瞬時に技を揮《ふる》う。人を斬り殺すとは、我もなく敵もなく、無の境地なのである。仁助は川路聖謨に仕えた十四年のあいだに六人の剣客を斬殺《ざんさつ》あるいは廃人とし、「江戸の人斬り仁助」といわれ、この奥義をきわめた。刀は清右衛門を仆した褒美《ほうび》に聖謨から頂戴《ちょうだい》した二代康継。

しかし、薩摩示現流の有馬伝七郎には敗れたのである。

伝七郎と対決したのは、慶応元年二月、仁助三十六歳のときであった。剣風は円熟の域に達していた。

川路聖謨は、プチャーチンと日露和親条約を無事に結び、その後、井伊大老より御役御免、蟄居《ちっきょ》を申しつけられたものの井伊大老の死後、文久三年、外国奉行ならびに勘定奉行格になったが、外国奉行は一年足らずで辞し、すでに齢《よわい》六十五になっていた。

その聖謨を警護して、夜中、品川宿からの帰途、伝七郎が行列をさえぎったのである。

（……あのとき、警護の朋輩《ほうばい》たちが伝七郎の刃《やいば》をはばまなかったなら、二の太刀に命を落としていた。その方がよかったのだ。剣客として、あのとき死ぬべきであった……）

これまでも幾たびとなくつぶやいた言葉を、仁助は失って久しい右手首をまさぐりつつ独語していた。

間合で敗れたのではなかった。示現流の蘊奥《うんおう》とされる「雲耀《うんよう》」の技に敗退したのである。

爾来《じらい》、十八年の歳月が経《た》つ。すでに仁助は髪に霜をいただく五十四歳。剣を捨ててから久しく、時代の激変した明治の代に「平民」として妻の里に引きこもり、農にはげむ初老の身である。

明け鴉《がらす》が啼《な》いていた。

隣の寝床で妻の千代の起きる気配がして、静かに床を上げ、障子をあけて台所へ出て行った。仁助も身を起した。今日は稲こきがある。

隣室の板の間に、まだ十四歳の長男の弥吉《やきち》を頭に四人の子供たちは眠っていたが、その寝顔をのぞきこんで、仁助は井戸端に出た。

しらしらと夜が明け、掘抜き井戸のあふれる清らかな水がのどかな水音をたてている。紅葉も終りの雑木林の向うにひろびろと刈田がひろがり、彼方《かなた》西にかつて水戸天《てん》狗《ぐ》党がたてこもった大平山《おおひらさん》が薄紫色に横たわっている。

左手に井戸水を掬《すく》い、口をすすぎながら仁助は、もう夢の光景をきれいに忘れていた。

二

「困ったことだべな。県令が鬼なら役人も巡査も蛇《じゃ》か蛇《へび》じゃわい。人夫を出さねえなら、代人料さ出せと触れまわっとるそうだ。区長も困っとるが、猫の手も借りてえこの稲こき時に、なんだって日光街道の道普請《みちぶしん》なんぞやるんだべな。仁助やんとこじゃ、どうする気だい」

庭で穫《と》り入れた稲の稲こきをして、千代と子供たちと縁側で昼餉《ひるげ》をとり終った昼休み、隣家の福田幸吉が来て困惑顔にいった。幸吉は四十年輩の自作農である。

「うんだなァ。代人料なんぞ出せねえから、人夫に出るほかはなかんべ」

「それでいいんかい」

幸吉はムッとした面持で応じたが、仁助は視線をそらしていった。

「まあ、仕方なかんべ」

仁助もその話はきいている。ことし明治十六年十月、前任者の藤川為親《ためちか》県令にかわって、三島通庸《みちつね》が福島県令のまま栃木県令として着任した。この男は元薩摩藩の尊《そん》攘《じよう》の志士で、一年前、福島県令となってからは強権で土木工事を強行し、自由民権運動を弾圧して「鬼県令」と恐れられ、「火つけ強盗と自由党員は管内に一ぴきもおかぬ」と豪語していたのである。

三島県令は着任早々、県庁を栃木から宇都宮に移すことを決め、福島県で行っていた奥羽街道の道路工事を栃木県でも同様に実施すると発表した。奥羽街道はこのあたりでは日光街道ともいい、思川《おもいがわ》の対岸を通っている。沿道の村々では、その道普請にかり出される噂話《うわさばなし》でもちきりなのである。

「なあに、県会で通らなければ、いくら鬼県令でも無理にはやれなかんべ」

仁助は半ば妻と子供たちにいいきかせるようにつぶやいた。

「そんならええんだが」

幸吉は不満げにいい、ちらと仁助の手首のない右腕を見た。

十五年前、千代の里の野州都賀《つが》郡間中《まなか》村に流れて来た仁助はよそ者である。村人はあれこれ詮索《せんさく》し、どこから知ったのか仁助が「江戸の人斬り仁助」といわれた剣客であったことが尾ひれがついて近隣の村々まで知れわたった。仁助は笑って否定し、子供たちへも一言も語ったことはなく、木刀ひとつ振ったこともないが、いまだにこの近在では「片腕のやっとうの達人」といえば仁助のことなのである。

その仁助と隣人であるのを自慢している幸吉は、薩摩隼人《はやと》を認ずる三島県令の傍若無人ぶりに腹を立てない元幕臣の仁助が歯痒《はがゆ》いらしく、ひとしきり三島県令をこきおろしてから、

「上《かみ》の清《せい》やんなんぞは、こむずかしいことさ弁じて、民権がどうの、国会開設がどうのといいなさっているが、鬼県令の薩摩野郎に睨《にら》まれねばええが。のう、仁助やん」

と仁助の顔をのぞきこんだ。

「おらァ、政治のことは、からっきしわかんねえべよ」

苦笑いして、仁助は答えた。

同じ村内の若い地主の田村清司《せいじ》は、自由民権論を勉学し、国会開設を唱えていた。こうした鄙《ひな》の里にも新しい時代の波は押し寄せていたのである。しかし仁助には何の関心もなかった。

――俺は死んだも同然の人間だ。明治と改元された十五年前、「人斬り仁助」はこの世から消えたのだ。

そう思っている。

この村に流れて来て、生まれ変わったつもりで五反歩ばかりの田畑を片腕で耕して

来た。その仁助のすべてを知っているのは、一まわり齢下《としした》の妻の千代だけである。

幸吉がもどって行ってから、

「千代、もうひとふんばりするべ。弥吉も手伝えや」

立ちあがった仁助は、稲束にかくれるいなごを弟妹たちと追っている弥吉にも大声をかけていた。貧しくともこうして親子六人が穏やかに暮らせることが、五十の半ばを迎えた仁助には何よりも尊く、かつてのおのれは遠い昔の別人である。

しかし時折、遠い昔を懐《なつか》しく思い出さぬではない近頃なのだ。これも齢のせいか。

三

有馬伝七郎に敗れた仁助は、川路邸の長屋に引きこもり、幽鬼のような日々を過したのだった。用人が医者を呼んでくれたが、傷の手当などどうでもよかった。見舞いに訪れてくれた主君の聖諚にも血走った虚《うつ》ろなまなこを向けただけで、一言も口をきかなかった。

高熱の脳裡《のうり》の闇《やみ》に、敗れた刹那《せつな》の光景だけが繰り返し浮かんできた。毎日、狂ったように絶叫し、片手に大刀をひきよせ、仁王《におう》立って宙を睨み、仰臥《ぎょうが》しては、軒端《のきば》の空を虚脱して見あげていた。

川路家に奉公に来ていた千代が三度の食事を運んでくれ、看病してくれたが、言葉もかけなかった。ぼそりと礼をいったのは、かなり傷が癒《い》えてからだった。

「まあ、仁助さま」

千代はしもぶくれの頰をあからめて仁助を見た。これまで屋敷内で顔を合わすことはあっても、無口な仁助は話しかけたことはなく、自分は女とは無縁だとも思っていたのである。

「庭の桜もとうに散って、頰白があんなに囀《さえず》って……」

千代はきまりわるそうに庭に視線をそらし、ごらんなさいなというようにそういった。江戸言葉を使っているが、北関東の懐かしいなまりがある。

春が闌《た》け、明るい陽光に葉桜の緑がそよいでいた。

「いつの間に、春が過ぎましたか」

満開の花も散る花も、小鳥の囀りも、仁助の心には映らなかったのだ。

「もう初夏でございますね」

「左様じゃな」

「わたしの里の思川では、若鮎《わかあゆ》が溯《さかのぼ》ってまいります」

千代は尻《しり》あがりの下野訛《しもつけなまり》の抑揚で里の話をした。

春霞《はるがすみ》が立つと、雪をいただく日光の山々も、なだらかな起伏の大平山も、そして東の空にそびえる筑波山《つくば》もぼんやりと霞んで、やがて見渡すかぎりの関東の野にれんげ草が咲きみだれる。いまごろはれんげ草の咲く田のあちらこちらで、田起しがはじまる季節だという。村はずれを流れる思川は、とりわけ子供たちで賑《にぎ》わう。清流の水底の石をよけると、鯉《こい》の稚《ち》魚《ぎょ》や小《こ》鮒《ぶな》や軀《からだ》のすき透った小えびが、よろこんでよろこんで跳ね泳ぎまわるという。そんな里の初夏の風物を、千代はおもしろおかしく話した。

千代の里を流れる思川は、そのように美しい川なのであろうか。思わず話にひきこまれて、仁助も郷里の山河を思い浮かべていた。しかし、帰る気はなかった。自分を敗ったばかりか供の者にも手傷を負わせて悠然と立去った有馬伝七郎を必ず仆《たお》す。千代の話にききほれながらも、血ぶくれしてくる頭は、一途《いちず》にそのことのみを考えていた。

数日後、仁助は誰にも告げずに聖謨の屋敷を出奔《しゅっぽん》した。江戸の市中は将軍徳川家茂《いえもち》が長州征伐に江戸城を出立した話でもちきりだった。右手首にまだ血のにじむ布をまきつけた仁助は、愛刀康継を腰に市中を出て、中山道《なかせんどう》をひたすらに歩いた。高崎在の郷里を目ざしたのではなかった。どこか山中にこもり、左片腕のみの技を磨くためである。

秩父山中にこもった。青竹を切り、五寸ほどの筒にして、失った右手首にはめた。右腰に刀を差し、指がなくては刀の鯉口が切れないから右手首にはめた義手の竹筒で鞘をおさえ、左手のみでの抜刀を工夫した。伝七郎の「雲耀」の技に対して、一伝流居合術「麒麟腰」の技で勝負すると決めたのである。

秩父山中での三年が過ぎた。文字通り臥薪嘗胆《がしんしょうたん》の孤独な修行の歳月であった。

慶応四年正月の末、残雪を踏んで山をおりた。宿場に出て、前年十二月に王政復古の大号令が朝廷から発せられ、十五代将軍徳川慶喜《よしのぶ》は将軍職を辞し、つい半月前、鳥《と》羽伏見《ばふしみ》の戦いで幕府軍は薩長の新政府軍に敗れたと知った。

仁助は急ぎ江戸にもどった。薩長の討幕軍は江戸に進撃して来るであろう。その中に伝七郎もいるはずである。

(彼奴《きやつ》を必ず斬《き》る！)

出来うるなら鉄砲矢玉の戦場《いくさば》ではなく、東海道を攻めくだって来るであろう薩摩軍の伝七郎と、品川宿はずれのあの往還で尋常に立合い、一刀のもとに斬り伏せる。それが剣客としての意地であり、武士の一分《いちぶん》であった。

仁助は一たん聖護の屋敷にもどった。無断の出奔を詫《わ》び、彼我《ひが》の情勢を詳しく知りたい。

長屋門のくぐり戸があき、顔見知りの老仲間《ちゅうげん》の喜蔵が迎えてくれたが、屋敷の内はひっそりとしていた。

「千代さんも里へ帰りましたよ」

喜蔵は気の毒そうにいい、右手首に竹筒の義手をつけ、襤褸《ぼろ》をまとった蓬髪《ほうはつ》の仁助をまじまじと見て、溜息《ためいき》をついた。

喜蔵から千代の名をきくまで仁助はすっかり忘れていたが、大方の家臣も解き放たれたという。

「殿はいかがなされた？」

「ご病気でございます」

「病いとな？」

「はい。一昨年、中風《ちゅうぶう》を患《わずら》い、杖《つえ》にすがって歩くのがやっとでございます。頑民斎と号されて気性は相変らずお強うございますが、このご時勢ゆえ訪《おとな》うご公儀の方も少なく、お寂しい毎日で……」

やがて仁助は聖譚に呼ばれ、衣服をあらため、庭先から書院へ挨拶《あいさつ》に出た。

聖譚は小刻みにふるえる手に杖をにぎり、広縁の洋風の椅子《いす》に腰をおろしていた。

相変わらずぎょろりとひきむいた眼には底光りする光を宿していたが、禿《は》げ上がった広い額に深い皺《しわ》が刻まれ、乏しくなった白髪の髷《まげ》が乱れ、頬がこけている。小柄な全身にみちていた気魄《きはく》も脂《あぶら》けもない。かつて、回答を引き延ばしロシア側の退去を待った老中たちの小手先の外交策を「ぶらかし策」と評しながら、自分もその策を用いてねばり強くプチャーチンとの交渉に当り、安政の大地震で船を失ったプチャーチンに伊豆の戸田《へだ》港での造船に協力し、日米和親条約より九ヵ月余遅れて日露和親条約を締結した外交官の面影は、いまの聖謨にはなかった。中風病みの老幕臣が洋風の椅子に小さく腰をおろしていた。

(この老人のために俺は命を賭《か》けて来たのか)

とはしかし、仁助は思わなかった。誰のためでもなかった。剣に生死を賭けた男が、おのれの剣に生きて来たのである。

「その腕の傷はいかがじゃ?」

縁先に片膝《かたひざ》をついた仁助へ、出奔を咎《とが》めるでもなく聖謨は、右手首の竹筒をじっと見て声をかけた。口もとが痙攣《けいれん》し、言葉もふるえているが、好々爺《こうこうや》の面持ちである。

「手首はなくとも剣は揮《ふる》えまする」

「道場でも開くか」

「いえ……」

後を言わせず、聖謨は弱々しい声をたてて笑った。

「剣はよい。わしはこの軀では脇差《わきざし》も使えぬ。もっとも剣はからきし下手での。この齢では生き長らえるつもりもないが……」

庭に眼を移し、しばらく黙っていたが、まだ固い蕾《つぼみ》の桜の一枝をとるようにと仁助に頼んだ。仁助は脇差を抜いてサッと小枝を切り、その片手で受けとめて聖謨に差し出した。

「見事じゃな」

仁助の腕前を褒《ほ》めたのか、固い蕾の美しさを賞したのか、聖謨は桜の一枝に見いりながらつぶやいたが、仁助は聖謨が左前に着物を着ているのに気づいた。死装束ではないか。

「殿……」

「退《さが》ってよい。仁助、息災《そくさい》に暮らせよ」

口もとを引きつらせて微笑した齢《よわい》六十八の、半身不随の老幕臣の皺顔《しわがお》が、後に思えば仁助が最後に見た川路聖謨の笑顔であった。

屋敷の長屋に滞留した仁助は、倒幕軍の来攻を待った。

徳川慶喜は江戸城を出て上野寛永寺に蟄居《ちっきょ》し、恭順の意を表したが、二月十五日、新政府軍は錦旗《きんき》をおし立てて東征の軍を発したという。その東海道先鋒《せんぽう》軍が、三月十二日、途中幕府軍の一戦の抵抗もなく品川に到着した。仁助は品川宿に急いだが、警護がきびしく宿に入ることができない。また、その先鋒の薩摩軍に伝七郎がいるかもわからない。往還の物蔭《ものかげ》で一夜を明かし、翌日やむなく屋敷にもどった。三月十三日である。この日から翌日にかけて勝海舟と西郷隆盛《たかもり》の会談が行われ、江戸城明け渡しが決まったのだが、仁助は知らなかった。

翌十五日朝、愛刀を右腰に長屋を出た仁助は、母家《おもや》の方角に一発の銃声をきいた。庭の桜が満開の、よく晴れた朝である。

仁助は駆けた。柴《し》折戸《おりど》を開け、書院の庭に入った。広縁に駆けつけた用人の姿が見え、書院の座敷に奥方らしい姿がちらと見えた。立ち騒ぐ数少ない家臣の声をききつつ、仁助は庭先に膝を折った。

聖謨が不自由な手で脇差を脇腹に突き立て、古式にのっとった切腹をし、死にきれずにピストルで喉《のど》を撃ち抜いて自害したと知っても、さして感慨はわかなかった。散り急ぐ花びらが風に舞っていた。

(俺は死なぬ。切腹もできずにピストルなどでは死なぬ。この剣がある限り……)

立ちあがると仁助は、そのまま聖謨の屋敷を立ち退《の》いた。

それからの仁助は、薩摩軍の有馬伝七郎を求めてさまよった。四月十一日、討幕軍は江戸入城。仁助は、江戸湾を艦隊を率いて脱出した榎本武揚《えのもとたけあき》の幕軍にも、上野山にたてこもった彰義隊にも加わらなかった。

(彼奴の「雲耀」の技を敗る!)

そのことだけが、三十九歳の片腕の仁助を駆りたてていた。

宿敵有馬伝七郎が会津討伐の官軍にいるとわかったのは、八月の半ばになってからであった。

すでに前月十七日、江戸は「東京」と改称され、聖謨の屋敷には長州の兵が宿泊していた。市中の巡邏《じゅんら》もきびしい。仁助は大小を菰《こも》にくるみ、百姓姿でようよう江戸を脱出した。

奥羽街道を小山《おやま》まで来て、千代の里はこのあたりだと気づいた。街道から思川は見えなかったが、すぐ西を流れているという。宇都宮を通り、日光街道の今市から会津街道に入った。大内の宿におびただしい官軍が駐屯《ちゅうとん》していた。

仁助は菰にくるんだ大小を物蔭にかくし、このあたりの百姓を装《よそお》い、薩摩藩士らしい主だった兵に近づいて辞ひくく訊《たず》ねた。

「有馬伝七郎様は、いずこの隊におられますべか」

「おはん、何ぞ用か」

「へえぇ。江戸の薩摩様のお屋敷で、以前えろうお世話になった者の身寄りでごぜえます」

「左様か。伝七郎どんは亡《な》くなり申《も》した」

「えッ、なんと仰《おお》せで？」

仁助は聞き違えたと思った。

「あの手ごわかごわす有馬どんが、流れ弾で死に申《も》した。鉄砲玉じゃ仕様《しよ》んなか」

つい数日前だという。仁助は膝頭がガクガクふるえ、奥歯が鳴った。

(有馬伝七郎が死んだ。しかも数日前、流れ弾に当って……)

「どげんしたと？」

「へえ。……お気の毒なことで……」

(伝七郎に敗れてからのこの三年余はなんだったのか)

いや、剣の道に入ってからの一切が、足もとから瓦礫《がれき》のように音たてて崩れてゆく。張りつめていた気力が一挙に萎《な》え、脱け殻の仁助はただよろよろと歩いた。

宇都宮の城下にもどって、「明治」と改元されたのを知った。ここにもダンブクロを着て銃を手にした官軍が駐屯していたが、薩摩なまりを耳にしても、風に散じた灰のようにからっぽのわが身に火種の一粒も見あたらなかった。

城下はずれで見つけた薪小屋《たきぎごや》で、移りゆく秋の空を見あげて日を過した。

九月二十二日、会津藩降伏。

同月二十七日、奥羽の戦乱終結。

幕臣榎本武揚は蝦夷地《えぞち》にあって抗戦していたが、剣客としての仁助は自分の死に場所も死に時も去ったと悟った。江戸開城が決まった翌日、中風の身で割腹し、ピストルで喉を撃ち抜いて自決した川路聖謨の、生きのびるのを潔《いさぎよ》しとせず、徳川の代に殉じた志の高さと、変わりゆく代のかけ橋のように日本刀とピストルで命を絶って消えていった姿が羨《うらや》ましく思いかえされたが、仁助には死ぬ気力も残ってはいなかった。

当てもなくまた歩き出した。足は奥羽街道を江戸に向かっていたが、郷里高崎在に帰る気もなかった。捨てきれずに、菰包みの大小を片腕にかかえて歩いた。

小山の城下を過ぎ、気がつくと思川の河原に佇《たたず》んでいた。ふと、あの頃、千代が話してくれたその川の初夏の風物が懐《なつ》かしく心に浮かんだからである。

白い河原の石をかんで流れる清流に、秋の陽がまぶしく射《さ》していた。きらきらと赤とんぼが飛び交っている。

「千代どの……」

仁助は対岸の集落を眺めて、はじめて女の名を小さく声に出していた。

四

明治五年十一月、新暦（太陽暦）が採用され、ほぼ一月早く新年を迎えるようになったが、農村では旧暦（陰暦）で正月を祝う。

明治十七年が明け、仁助数えて五十五歳の旧の正月も過ぎた三月、栃木県会で安蘇《あそ》郡選出の改進党系の県会議員田中正造が反対したにもかかわらず、奥羽街道の土木工事は可決され、道路工事がはじまった。村々に寄付金が強制され、各戸一人は必ず無賃人夫を出し、出られぬ場合は代人料として一日二十五銭を上納しなければならない。地主は代人料を払えるが、五反百姓や小作人には払えるものではなかった。村人たちは不満をいいながらも、仕方なくこの道路普請《ふしん》に出た。

梅雨に入って、忙しい田植え時になってもまだつづいている。間中村の受けもち区域は沿道の村民とともに対岸の粟《あわ》ノ宮の村落から川下の乙女《おとめ》宿までである。仁助は片腕で鍬《くわ》をふるい、毎日黙々と道路普請に加わっていた。

「おい、こら！　はしはし働かんか！」
一町（約一〇九メートル）ごとに配置された巡査が怒号を発する。巡査の大半はもと武士の士族である。ことに県の警察部長や分署長は大方が三島県令の股肱《ここう》の士で、
もと薩摩藩士。農民たちは蔭では「薩摩の芋侍が！」と悪態をついているが、面と向
っては殴られても口答えひとつできない。
「おい、そこの片手の百姓。貴様、さっきからなまけとるぞ！」
今日も植竹という係の巡査が怒鳴った。この男はもと下野《しもつけ》の皆川藩の下級武士だが、
薩摩の上司にごまをする男で、とりわけ仁助に意地悪く、陰険な性格らしくネチネチ
と責めるのである。
梅雨半ばの激しく降り出した雨にずぶ濡《ぬ》れになり、筋肉のもりあがる左腕一本で誰
よりも懸命に鍬をふるっていた仁助は、聞えぬふりをしていた。
「耳もねえのか。片腕の貴様は半人前だ。代人料を半人前出してもいいんだぞ」
制服の上にカッパを着ている植竹は、傍に来て仁助の足を靴で蹴《け》った。蹴っておい
て、薄ら笑いながら猫なで声でいった。
「拙者はな、貴様に同情しとるんだ。世が世なら貴公は徳川様の武士だ。百姓どもと
泥にまみれて道普請なんぞをやる身分ではあるまい。因果よなァ。大勢人を斬《き》った祟《たた》

りかもしれねえなァ。本官は知っとるぞ、なァ、〃人斬り仁助〃さんよ」

仁助はかがんで仕事をつづけながら黙っていた。いつものことだ。この男は仁助の過去をあばき立てたら、薩摩の上司が仁助にどのような仕うちに出るかを、舌なめずりして期待しているのだ。

「おお怖え。本官を睨《にら》みやがって」

仁助が見あげもしないのに、大袈裟《おおげさ》に植竹は驚いてみせ、

「貴様、本官を舐《な》めるか！」

大声に一喝《いっかつ》し、仁助を力いっぱい殴った。仁助は泥濘《ぬかるみ》のなかに倒れた。

「いいか、皆《み》んな。なまける奴《やつ》は分署にしょっ引くぞ！」

倒れた仁助の顔を靴底でぐいぐいと踏みにじっておいて、植竹巡査は立去った。向うに小山の分署長が数人の巡査を連れて見廻りに来ていた。

「仁助やん。おめえ、腹が立たねえんか。あんな植竹の野郎なんぞぶちのめしてやれ！」

日暮れの雨の中を村にもどりながら、隣家の幸吉が拳《こぶし》を振りまわしていった。

「我慢することはねえ。おめえさんは腕が立つんだ。おめえがやらねえんなら、おらが血へどさ吐かしてやんべ」

「もう少しの辛抱だべ。手出しをしちゃなんねえよ」

「意気地がなくなっちまったのかい。〃人斬り仁助〃とまで言われたおめえさんが……」

仁助は黙ったが、幸吉ばかりか村の者はみな殺気立っていた。ことに若い者は植竹巡査を闇《やみ》うちにすると言いはった。血の気の多い者は匕首《あいくち》を懐《ふところ》に持ち歩いてさえいるのである。このあたりの村民の気性は荒い。黙って耐えている元剣客の仁助を不甲斐《ふがい》ないと失望している。軽蔑《けいべつ》さえしているのが、仁助にはよくわかった。しかし、仁助はいった。

「おらみてえな老いぼれのために、村の衆が怪我《けが》しちゃなんねえ。こらえてくろ。この夏までには道普請は終る。あと少しの辛抱だべな」

「おめえのためだけじゃあねえ。街道筋の村々の者が困ってるんだ。憎いのは植竹の野郎だけじゃあなかんべ。筵旗《むしろばた》おっ立ててでも、薩摩っぽの三島県令とその一派をおらっちの県から追い出さにゃあなんねえ。そうだべ、皆の衆」

水かさの増した思川を渡し舟で渡りながら、幸吉の言葉に若者たちばかりか年輩の者も口々に不満をぶちまけ、一層殺気立った。

仁助は片手で顔の雨しぶきをしごき、対岸にともった村の灯を見た。千代と四人の子供らが待っている。ただそれだけを考えた。

八月になって事件が起った。

労役にかり出されている乙女村の農民の一人が遅参したのを怒った植竹巡査がその男ばかりか村の惣代《そうだい》小川甚兵衛《じんべえ》を捕縛したのに激怒した農民が、道路普請を投げ出して騒いだ。日頃の鬱憤《うっぷん》が爆発したのだ。仁助はとめたが、隣家の幸吉などは褌《ふんどし》ひとつのすっ裸になって鍬をふりまわし、植竹をぶっ殺すと怒号し、騒ぎは大きくなった。

結局、七十三名が捕えられ、小山の警察分署に連行された。

間中村からは、幸吉ほか四名の者が小山警察分署に拘置されたのである。

事件を知った県会議員の田中正造が翌朝現場に駆けつけ、農民たちから事情を聞き、必ず善処するといいおいて帰ったが、農民たちはおさまらなかった。

その夜も間中村では会合がもたれた。夜更《ふ》けて家にもどった仁助へ、起きて待っていた千代が訊ねた。

「なんぞ決まったかい」

「ああ、明日、おらも小山分署へ行く」

「幸吉やんが帰されるのけ？」

「いや、面会だ」

仁助はただそれだけを答えた。会合でも仁助は隅にいて黙っていた。幸吉たちは分署で拷問《ごうもん》を受けているらしい。しかし、村の者は殺気立つばかりで、村長も古老たちにもどうしていいか手だてがわからない。田中正造が出京して宮内卿《くないきょう》や内務卿に訴えるとの話が伝わって来たので、それに期待するほかはないだろうということになり、幸吉たちに面会し、差し入れをするぐらいがとりあえず出来ることだという話になった。それも大勢押しかけてはまずいだろうから、村長のほかに幸吉たち捕えられた者の身内か隣家の者だけ五人が行くことに決まったのである。

仁助は蚊帳《かや》に入ってからも眠れなかった。千代も寝返りをうっては溜息《ためいき》をついていたが、やがていびきをかきはじめた。仁助が道普請に出ているので、田植え、田の草とりの野良《のら》仕事のすべてを子供たちとやってきた千代は疲れきっている。ことに炎天下での、煮え立つような泥田を這《は》いまわる草とりは軀《からだ》にこたえる。

今夜はそよとも風がなかった。じっと仰臥《ぎょうが》していても汗が流れた。その蒸し暑さなのに、手首のない右腕の骨が疼《うず》いた。鈍い痛みがしつこく居坐《いすわ》っている。

仁助はそっと蚊帳を出ると、納屋《なや》に入った。ガラクタの奥へ菰にくるんだまま放り込んでおいた大小に片手が伸びている。燧《ひうち》を切り、燭《しょく》をともし、菰包みを開いた。

大刀の鞘《さや》を払った。十六年ぶりに見る二代康継。江戸を出る前に研《と》がしておいたが、六人の対手を斬った血糊《ちのり》の曇りに錆《さび》が出ていた。

仁助は灯にかざしてじっと見入った。錆は出ているが、豪壮な武骨なつくりで、反りが浅く身幅ひろく、切先は延び、刃文は焼幅ひろい沸《に》え本位の広直刃、大のたれ乱れで、地肌には杢目《もくめ》肌に柾目《まさめ》が交り、殺気を深くうちに秘めて、燭の灯に血ぬれた光を放っている。

コトリと、軀の奥深くに錠前のはずれるようなかすかな動きを仁助は感じた。全身に、伝七郎に敗れた一瞬が甦《よみがえ》ってくる。仁助は瞼《まぶた》をとじ、強く首を振ったが、五体が自然に動いて、鞘に収めた大刀を左手につかみ、納屋を出ていた。

井戸端を通り、背戸の小川のふちに立った。蛍が飛び交っている。青白い小さな光が、息づくようにフッと消えポッと光を増しては、この世のものとも思えぬ光の輪を描いている。

仁助は右二の腕に刀をはさみ、丹田《たんでん》に気をこめて居合腰になると、蛍の光めがけて鞘を払った。刃風に蛍はふわりと浮かび、のどかな光の跡を描いた。左片手上段にとった刀をなお振り下した。またも空を斬った。わずかに間合が遠い。

軀が間合を思い出すのを感じたが、勘が狂っているのだ。仁助は苦笑して刀を鞘におさめた。落胆はしていなかった。むしろ、おのれを許す安堵《あんど》の気持の方が強かった。

「間合か……」

自分に言いきかすようにつぶやいた。

気がつくと、千代が後ろに立っていた。

「お前さん、そんな……」

千代の声は掠《かす》れてふるえていた。

「いや、案ずるな」

と仁助は微笑していった。

「驚かしてすまぬ。どうしても眠れぬゆえ、つい刀をふってしまったが、他意あってのことではなかんべよ。おらァ百姓だ。十六年もこの村さいて、そのことがいま身にしみてわかったべ」

「でも、お前さん……」

「間合だよ」

と仁助はいった。剣の間合のことではなかった。天と地ほども変わってしまったこの世の中に、仁助は遠い間合をとって生きて来たのである。この先どのように変わろうと、関わりないことだ。千代と子供らとだけ身を寄せ合ってひっそりと生きる。隣家の幸吉が捕えられたからといって、腹を立てることもないのだ。ただ田畑を耕し、収穫をよろこび、老いたる百姓として生きる。その間合がよくわかったと仁助は千代に話した。

大小を菰《こも》にくるんで納屋の奥に放り込み、ひと眠りした仁助は、翌朝、幸吉の女房から衣類と握り飯を預り、村長たちと思川の渡しを渡って小山の警察分署へ出かけて行った。小山までは一里（約四キロメートル）少しの道のりである。

五

面会は許されず、差入れの品だけを係の巡査に渡して警察分署を出ようとしたとき、

「おい、その百姓」

分署長室の戸口から仁助を呼び止める声がかかった。清水という元宇都宮藩士の分署長が手招いていた。

仁助は村長たちに外で待っていてくれるよういいおいて、分署長室に入った。

仁助に背を向けて、警察の制服を着たザンギリ頭の長身の男が窓際《まどぎわ》に立っていた。

振り向くと、

「おはん、〝人斬り仁助〟だな」

といった。傍らから清水分署長が「県警察副部長の垂水《たるみ》角之進《かくのしん》様じゃ」と紹介したが、仁助はペコリと頭をさげただけで黙っていた。

垂水角之進は齢《とし》のころ四十二、三。刀傷のある顔に頬髯《ほおひげ》をたくわえ、眼光が鋭い。額に面だこができている。

「本県警察の剣道師範であられる」

清水分署長がなおもいったが、仁助は一瞥《いちべつ》して練達の遣手と見ぬいていた。

「おはん、どこぞで以前、見かけた顔だな」

角之進はニヤリと薄ら笑った。仁助には見覚えはなかったが、鎌《かま》をかけたのか、それとも、江戸か会津街道の大内の宿で先方は仁助を見ていたのか。

「その腕か、有馬伝七郎どんに斬られ申《も》したのは」

近づいて来て、覗《のぞ》き込んだ。野良着の筒袖《つつそで》から、仁助は手首のない右腕をぶらりと下げている。角之進は蔑《さげす》むように高笑いをして、

「見事な斬りようじゃ。薩摩示現流の太刀遣いは、鶏群《けいぐん》の一鶴《いっかく》のごと天下一でごわんど。二の太刀がなく、初太刀必殺じゃ。おはん、頭蓋《ずがい》を裂《た》ち割られず、命びろいしたな。百姓におちぶれたは、よか心掛けじゃ」

「示現流では、斬りあいの間合はどのようにつけますべ？」

仁助の口がおのずと動いていた。

「知りたいか」

「へえ」

「闇夜に敵を斬り、骨が真白に見てとれる間合じゃ」

「して、その速さは？」

「刻《とき》を割りて、分、秒、絲《し》、忽《こつ》、毫《ごう》、釐《りん》とし、極まりて雲耀《うんよう》と申す。絲は、錐《きり》で紙一枚を刺す速さを申し、釐は紙三尺を突き刺す速さじゃ。太刀はこびのつづまるところは、稲妻の速さとなり、これが雲耀でごわす。おはんらに出来《でく》っことじゃなか」

角之進は素手で蜻蛉《とんぼ》の構えをとると、

「チェーイ！」

甲声《かんごえ》とともに仁助の面上へ振りおろしてきた。稲妻の速さである。仁助はわずかに首をすくめたが、眼を白黒させて気死したように突っ立っていた。だが、一瞬、雲耀の太刀筋が見えていた。

「ハハハハッ……おはん、身動きもならんとか。死人も同然でごわす。老いぼれおって」

吐き捨てるように角之進は一喝した。

「もうよか。帰れ！」

一礼して仁助は分署長室を出た。外で心配して待っていた村長たちに、

「なんもなかったべよ」

と仁助は苦笑いしていった。

数日後、幸吉たちは釈放され、村にもどって来た。留置されていた乙女村惣代をはじめ全員が村々に帰った。農民たちに不満は残ったが、八月末、受持ちの道路工事は終った。

農民たちは田んぼに総出で、稲の世話をした。仁助も千代と子供たちと暗いうちから忙しい。今年は不作だが、間もなく早稲《わせ》の刈入れがはじまる。

九月十五日、栃木県最南端の野木村から宇都宮までの奥州街道の一部開通式が賑々《にぎにぎ》しく行われた。両脇《りょうわき》に溝を掘り、高く盛り土をし、たこでつき固め、砂利を敷きつめた幅六間（約十一メートル）の一等道路である。

台風が近づいていたが、風ばかりの強い快晴の日で、三島県令は宇都宮の県庁舎で祝典のあと、小山警察分署に来て道路視察をし、金亀楼《きんきろう》で開かれた祝宴にも出た。三島が馬車で宇都宮へもどって行ったのは夜になってからだが、夜更けてもなお宴はつづいていた。

金亀楼は思川べりの城跡の高台にある。夜に入って驟雨《しゅうう》が降ったが、風の強い雲間に時折、半月がのぞいた。

金亀楼門内の樹間の闇《やみ》に、仁助は驟雨に濡《ぬ》れた石のようにしゃがみ込んでいた。左手に二代康継の大刀を握っている。

(許せ、千代)

肚裡《とり》につぶやいたが、悲壮な面持ではなかった。

(拙者の五体が、剣を捨てきれぬ)

こんども誰のためでもなかった。

(おのれのためでもない)

と仁助は思った。

薩摩示現流「雲耀」の技を会得《えとく》していると仁助の軀が見てとった垂水角之進と剣を交える。そのことのみを仁助の軀が命じていた。角之進の素手の技を見てとって以来、野良仕事に精を出しながらも、「雲耀」の技を敗るおのれの間合と技のみを無心に心に描いてきたのである。

とうに夜半を過ぎて、宴席の広縁に人影が動いた。庭に降り立った長軀《ちょうく》の人物を灯影が浮き立たせる。羽織袴《はおりはかま》姿の垂水角之進である。かなり酒に強いらしく、足もとが少しもふらついていない。庭先に出てながながと尿《いばり》をした。角之進は広縁にもどろうとして、キッと闇を見据えた。仁助は立ちあがった。

「下郎か！」

剣客も対手《あいて》を威喝するときは声が低い。が、殺気をおびた錆声《さびごえ》である。

「いつ来るかと待っておったど」

「尋常に勝負がしたい。思川の河原で待つ」

それだけいうと、仁助は背を向けていた。

十数分後、二人は滔々《とうとう》と清流が石をかむ思川の河原で対峙《たいじ》した。

羽織を脱ぎ捨てた角之進は、大刀を蜻蛉の構えにとった。激風に飛ぶ雲の切れ目に、秋の半月がのぞき、肩先に直立させた三尺の刀身が青白くきらめいた。豪刀である。

仁助は抜刀するや鞘を捨て、錆の出た二代康継二尺四寸を片手青眼に構えた。隻手《せきしゅ》の左腕をいっぱいに伸ばし、右半身。あたかも一刀流小太刀の構えに似て、伸ばした腕も刀身に見立ててその腕を斬《き》らせる捨身の間合をとった。

両者、ジリッと小刻みに間合をつめる。

まだ遠間だ。気のせめぎ合いがつづく。

「チェーイ！」

角之進が気合を発したが、瞬時に三歩を駆ける剣客が打ち出してはこない。仁助は無言の気で応じた。

しかし、汐合《しおあい》きわまって初太刀必殺の角之進の剣尖《けんせん》が動けば、「雲耀」の技に仁助の頭蓋は打ち割られ血飛沫《しぶき》を噴く。いつ来たのか、河原の闇に現れた県警察部の人影は、その一瞬を待った。

仁助はなおも間合をつめた。こんども我から敵の間合に入った。

「チェーイ！」

裂帛《れっぱく》の甲声とともに稲妻の一閃《いっせん》を仁助は感じた。感ずるより速く、「先先《せんせん》の先《せん》」をとり、手首をひねって擦り上げている。火花が散る。天を向いた仁助の刀の刃が対手の刀の物打ちを擦り上げ、わずかに切先をそらしたのだ。次の刹那《せつな》、仁助は一間を跳びすさっている。跳びすさったが、河原の石に踵《かかと》をとられたごとく背を丸めて蹲《うずくま》った。片腕の刀を胸の前にかかえこむようにして、角之進を見あげた面上ががらあきである。

初太刀をはずされた角之進の二の太刀は速かった。蜻蛉に振りかぶるや刀身が唸《うな》った。いや唸ったのは仁助の剣である。屈《かが》んでいた小軀が地に撥《はじ》かれたように伸びるや、角之進の軀から血煙が噴いた。股間《こかん》から心ノ臓にかけて斬り上げられていたのだ。

仁助が死の間合から左腕をいっぱいに伸ばして揮《ふる》った一伝流「下裂割《しもたちわ》り」の秘剣で

あった。

仁助はゆるりと立ちあがった。

血ぬれた大刀を片腕にだらりと下げ、月光にきらめく思川の川面《かわも》を見た。

そのとき銃声が轟《とどろ》いた。一発、二発……。河原の闇にピストルの火が噴いた。県警察部の者が撃ったのである。

仁助は角之進に折りかさなるように倒れた。その死顔はなぜか自嘲《じちよう》するような笑みを浮かべていた。

この月二十三日、筑波山のすぐ北隣の加波山《かばさん》に自由党過激派が蜂起《ほうき》した加波山事件が起きたが、むろん仁助は知らない。

江戸四話

新年の客

「来なさらねえのかな、あのご浪人……」

店にぱたりと客が絶え、帳場にいる治平は、手もちぶさたに算盤珠《そろばんだま》をはじいてみながら、ふと声に出してつぶやいた。

間もなく除夜の鐘が鳴る。

質屋の大晦日《おおみそか》は、日暮れから猫の手も借りたいほどに忙しい。年末の勘定が入って、正月の晴れ着を出しにくる客が多いからだが、工面がつかずに利子だけ入れにくる客、夜を徹して集金に走りまわる掛取りに追われて年が越せず、質草をかかえて夜更《ふ》けてから駆け込んでくる客もある。

（利子を入れてもらわねえと、大事な品を流すことになるんだが……）

治平が気にかけているのは、川向うの深川からくる浅井重兵衛《じゅうべえ》という侍の客のことである。

重兵衛がここ浅草元鳥越町《もととりごえ》の治平の店にはじめてきたのは、飛鳥山《あすかやま》や隅田堤の花が見ごろの、うららかな春の日の夕暮れだった。店の前を草履《ぞうり》の音が行ったり来たりしていたが、入る決心がついたのだろう、暖簾《のれん》を手荒に押し分け腰高障子戸をがらりと開けて、挨拶《あいさつ》もせずに入ってきた。無精髭《ぶしょうひげ》がのび、垢《あか》じみた単衣《ひとえ》を着た痩《や》せぎすの武士で、顔色がくすみ、尾羽打ち枯らした風情《ふぜい》が身にしみついている。齢《とし》のころは、治平より少し下の四十二、三だろうか。

腰の大刀を帳場の台に投げ出すように置くと、

「五両、借りたい」

と出し抜けにいった。

「拝見させていただきます」

治平は大刀を丁重にとり上げ、膝《ひざ》上で見た。黒鞘《くろざや》の塗りが少々はげている。馴《な》れた手つきで鞘を払い、刀身に見入る。反りが少なく、相州物《そうしゅうもの》で、研ぎにしばらく出していないらしく錆《さび》がわずかに出ている。中子《なかご》を調べるまでもない。

「五両は無理でございますな」

「貸せぬと申すか」

喉《のど》にからんだ声に凄味《すごみ》がある。

「三両ならお預かり致します」

「……」

暗い目がいっそう暗くなり、眉根《まゆね》に深い皺《しわ》が刻まれる。泣き言をいう客が多いが、それは金輪際いいたくないようだ。

治平も仏頂面《ぶっちょうづら》で黙った。客からは因業《いんごう》おやじといわれている治平である。客のいい値で貸していては、質屋稼業《かぎょう》はつとまらない。

「お腰の脇差《わきざし》もご一緒であれば、四両ご用立て致しますが」

「それは困る」

「左様でございましょうな」

「必ず期限までには受け出す。流しはせぬ」

どの客もそういうが、信用はできない。

しかし治平は、武士が腰の物を質入れするからにはよほど困窮していると思い、奮発して三両二分を貸すことにしたのだった。

以来、三月《みつき》の期限ごとに二分五厘の利子を几帳面《きちょうめん》に払いにきて、身の上を少しは話していった。長い浪人暮らしで、傘張りや細工物をしてしのいでいるが、妻女が病いに臥《ふ》して薬代にも事欠くらしい。

九月にきたときは、

「細工物も面白いものだ。こんな物を彫ってみた」

と笑顔でいい、来年の干支《えと》の兎《うさぎ》の根付けを置いていった。玄人《くろうと》はだしで、器用なものだ。


その重兵衛が期限だというのに姿を見せない。今夜中に来なければ、大刀は質流れになり、正月早々、道具屋に売り渡すことになる。

夜半の静寂《しじま》に、除夜の鐘が鳴りはじめた。近くの西福寺《さいふくじ》の梵鐘《ぼんしょう》が鳴りひびき、北風のせいで上野寛永寺や浅草寺《せんそうじ》の鐘の音もきこえてくる。今年も終わる。しかし質屋は客がくる限り店を開けておき、年を越さない。

百八つの鐘が鳴りやんでしばらくして客がきたが、重兵衛ではなかった。それから数人の客があり、店を閉めたのは八ツ半（午前三時頃）を過ぎていた。

大晦日は終夜風呂《ふろ》を焚《た》く向う横丁の湯屋に行き、一年の垢と疲れを落してもどると、大川端の東の空がしらしらと明けてきた。

寝床に入ると、先に寝《やす》んでいた女房のおまきが、

「重兵衛さんはとうとう来なかったのかい」

と声をかけてきたが、なま返事をしているうちに眠りに落ちていた。

……夢の中に羽根つきの音がきこえる。女の子のはしゃぐ声もして、初日《はつひ》の昇った路地で、晴れ着の子供たちがもう羽根つきに興じているのだろう。華やいだ下駄《げた》の音もひびく。すぐそこの鳥越明神へ初詣《はつもう》でにゆく家族連れだ。

重兵衛の足音もどこからかきこえるようで、あの人の初詣では深川の富岡八幡宮《とみがおかはちまんぐう》かな……とうつらうつらしながら考えている脳裏の薄暗がりに、「亭主、よろこんでくれ。仕官がかなった」と店に飛び込んでくる笑顔を思い浮かべてみる。それとも、腰の物なんぞ打遣《うっちゃ》ってしまって「根付け師になったよ」といってくるかも知れないとも思う。

眼を開けた治平は、初光《はつひかり》が射《さ》す障子をまぶしく見あげながら、つぶやいた。

――いずれにしろ重兵衛さんは新年の客だな。きっと来る。それまで、質物は流さずに待つことだ。

藪入《やぶい》り

つれぇなァ……と丁稚《でっち》の安吉は思う。だけど今日は正月十六日、待ち遠しかった藪入りだ。一日中、好きに遊べる。

兄弟子の留七は駒込《こまごめ》の親もとへ弾む足どりで帰って行った。けれども十三になる安吉の家は、江戸から遠い利根《とね》川べりの村なので、一日限りの藪入りではもどれない。三箇日《さんがにち》にも帰っていないが、去年の盆の藪入りのときは独りで浅草観音にお参りして、浅草奥山で独楽《こま》回しの曲芸などを見て日暮れまで過したのだった。

親方夫婦が揃《そろ》えてくれた木綿の綿入《わたいれ》、股引《ももひき》、小倉織りの帯、白足袋《しろたび》に粗末な雪駄《せった》——新しいものずくめの懐《ふところ》に、親方からもらった小遣い銭をあかぎれの切れた手で握りしめ、神田鍛冶《かじ》町の鍛冶屋を出た安吉は、両国で思いっきり遊んでやれと行く先を決めた。

両国は浅草奥山とならぶ江戸いちばんの盛り場である。

鍛冶屋が軒をつらねる鍛冶町も、鍋《なべ》屋の多い鍋町も、下駄《げた》屋ばかりが並ぶ下駄新道《しんみち》もひっそりとして、一目で藪入りとわかる丁稚小僧たちが楽しそうに連れだって歩いてゆく。途中で華やいだ一団に出会った。駿河町《するが》の越後屋《えちごや》呉服店の奉公人たちだ。遠国《おんごく》からきている丁稚たちが、付添人に引率されて芝居見物に行くのだろう。

神田川に出て堤に沿って東へ歩き、浅草御門の脇《わき》から両国広小路《ひろこうじ》に入った安吉は、両国橋西詰の賑《にぎ》わいと雑踏に、奉公のつらさも親もとへ帰れない寂しさもきれいに忘れていた。

色とりどりの派手やかな幟《のぼり》が正月半ばの川風にはためき、建ち並ぶ見世物小屋では、軽業、講釈、娘義太夫《ぎだゆう》、覗《のぞ》きからくり、珍しい動物の見世物などを興行し、楊弓《ようきゅう》屋、茶屋、船宿、小間物屋などが軒をつらね、びっしり並ぶ屋台では、そば、うどん、焼き餅《もち》、玩具《おもちゃ》や硝子《ガラス》細工などが陽気な売り声で売られている。

安吉は焼き餅を買い、見世物小屋に入って頰張りながら軽業を見た。ギラギラする刃物を空中に投げ上げて踊りながらとる曲どり、玉乗り、蛇使い……夢見心地で小屋を出ると、

「おにいさん、遊んでおいでよ。十矢六文だよ」

と楊弓屋の矢取り女に声をかけられた。首のあたりまで白粉《おしろい》を塗りたくった女が、宿場に売られていった故郷《くに》の姉にどことなく似ている。的に矢が当たると「当たりーッー」と女たちは黄色い声を張りあげて太鼓をドンと打つのだが、安吉は一矢も当たら

なかった。景品ももらえず楊弓屋を出て、東両国へ行こうと両国橋の上まできたときは、冬の陽はもう西の空に傾いていた。

大川の空に絵凧《えだこ》や字凧や奴凧《やっこだこ》が揚がっている。対岸の深川や本所の青空にも、風に吹かれて鳶凧《とんびだこ》も小さく浮かんでいる。藪入りで家に帰った子供たちが近所の仲間と揚げているのだ。

大川の水の匂《にお》いもして、橋の途中で立ち止まった安吉は、欄干に身をもたせて、利根川べりの生まれ在所の景色を懐《なつ》かしく想《おも》い浮かべていた。

去年の松の内が過ぎるとすぐに、口入れ屋の男に連れられて、利根川の関宿《せきやど》から夜《よ》船《ぶね》でこの両国河岸《がし》に着いたのだった。あれから一年、朝の暗いうちから鍛冶場の掃除、炭運び、炭割り、屑鉄《くずてつ》ひろい……親方に怒鳴られ殴られ、兄弟子の留七からさえ馬鹿《ばか》にされて、鼻の穴まで炭粉で真っ黒にして奉公してきたのだった。

(おいら、ぶきっちょで薄のろだ。十年の年季奉公を勤めあげたって、一人前の鍛冶師にはなれねえ)

火造り三年、焼き入れ五年、火床で灼熱《しゃくねつ》する鉄の赤めい具合が一目でわかるには七年かかる。安吉はまだふいごにさえ触らしてもらえないのだ。

東両国の河岸に数艘《そう》の高瀬船が舫《もや》ってあり、夜船で関宿へ行く客が集まっている。

（あの船に乗れば、お父《とっ》つぁんとお母《つか》さんに会えるんだ。いっそこのまま、逃げ帰っちまおうか……）

「小僧さん、楽しかったかい？」

不意に声をかけられて、すぐ隣の欄干にかじりつくように立っている六十年配のじいさんに安吉は気づいた。

「俺にもおめえみてえな倅《せがれ》がいてな、藪入りの日は首を長くして待ってたもんだ」

じいさんは独り言のようにいった。

「だけど倅の野郎は辛抱できねえでぐれやがって、年季が明けねえうちに消えちまった。糸の切れた凧みてえにな」

中風《ちゅうぶう》にでもかかっているのだろうか、欄干にかじりつく皺《しわ》の寄った骨張った手が、小刻みにふるえている。水洟《みずっぱな》をすすり込むと、不自由な足をひきずりながら、橋を往来する人波に紛れて東詰の方へ見えなくなった。

しばらく冷えきった川風に吹かれていた安吉は、江戸の夕空に賑やかに揚がる凧を見あげて、あの凧だって、からっ風の吹く空の高いところで独りぼっちだと思った。

(おいら、糸の切れた凧なんぞになるもんか)

親方のところへ帰ろうと、両国橋をもどる安吉の眼に、遥《はる》か彼方《かなた》の白雪の富士山に沈もうとしている真っ赤な夕陽が、火床で熱した灼熱の地鉄《じがね》の色に見えた。

三年坂暮色

「俺のせいじゃあねえ」

男の声がした。

行き来する人がいたら、聞こえるほどの独り言である。誰かに訴えるような、自分に吐き捨てるような、悲しげな声である。

誰彼時《たそがれどき》で、顔はよく見えないが、坂をおりてきた男は二十六、七と思える職人ふうで、声にどことなく聞き覚えがある。

男は坂の途中で立ち止まり、懐《なつ》かしそうにあたりを見まわす。左崖《がけ》下に墓石と塔婆《とうば》が見える。安立寺《あんりゅうじ》の墓地である。右は小役人の屋敷で、鉤《かぎ》の手に折れる坂上には本立《ほんりゅう》寺《じ》と加納院があり、ここ谷中《やなか》は寺が多い。春秋の彼岸やお盆の墓参り時と夏の蛍の季節のほかは、あまり人通りのない坂である。梅が香が匂《にお》う春先とはいえ、雪もよいの夕暮れで、人気がなく寒々と寂しい。

誰が名づけたのか、三年坂という。

江戸の町には坂が多く、妻恋坂、鶯《うぐいす》坂、化粧《けわい》坂、袖摺《そですり》坂などの粋《いき》な名の坂もあり、この三年坂も坂下を流れる藍染《あいぞめ》川の湿地が蛍の名所なのでこのあたりを蛍谷といい、蛍坂とも呼ばれている。

しばらく立ち止まって涙ぐんでいた男は、

「やっぱり、俺のせいじゃあねえ」

もういちどつぶやくと、目頭をこぶしで拭《ぬぐ》い、雪駄《せった》の音を捨てばちにたてて、坂下の夕闇《ゆうやみ》へ転げるように駆けおりて行った。

――あの男だ。たしか、佐吉といった……。

二年前の夏の夕方、小ぶりな荷をかかえて若い男が坂を登ってきた。陽が落ちたばかりで、あたりはまだ明るい。

坂の上から女がおりてきた。頬のふっくりした十六、七の娘で、朝顔のがらの浴衣《ゆかた》を着ている。急ぎ足にきて、坂の途中でプツリと日和下駄《ひよりげた》の赤い鼻緒が切れた。

「あら、いやねえ」

娘はつまずきそうになって持ちこたえ、鼻緒の切れた下駄をいまいましそうに見た。しゃがみ込み、切れた鼻緒を調べ、浴衣の袂《たもと》をさぐる。あいにく繕う紐《ひも》を持ち合わせていないようだ。

「姐《ねえ》さん、そいつァ難儀だねえ」

眼の前にきた男が覗《のぞ》き込みながら声をかけた。

「俺がすげ替えてやるよ」

娘はためらうように若い男を見あげた。

「遠慮することァねえぜ」

男は娘の傍らにしゃがみ、懐《ふところ》からとり出した手拭《てぬぐい》を手早く裂いて撚《よ》りながら、

「ほれ、貸してみなって」

「すみませんねえ」

「いいってことよ。すげ替えるあいだ、足が汚れねえように俺の肩につかまってな」

片方の下駄をすまなそうに手渡して片足立った娘は、素足を一方の足の甲にのせ、男の肩にそっと手をおいて待った。

「姐さんは、このあたりの者《もん》かい？」

「この先の千駄木坂下町で働いてるんです」

「俺は飾り職人でね、佐吉ってえんだ。観音寺さんへ届け物があってきたんだが、姐さんは坂下町のどこで働いてるんだい？」

「三州屋っていう小料理よ」

男は手早く鼻緒をすげ替えながら、ちらと娘の白い素足を見た。

「縁起が悪いわ、この坂で鼻緒を切るなんて」

と娘は眉《まゆ》をひそめながらも、ちょっとうれしそうな声でいった。

「転ばなかったからよかったさ」

「そうね。転んだらおまじないに土を三回なめなくちゃいけないんですものね」

「そんなの迷信だよ。でもガキの時分に寺の境内で転んで、なめさせられたもんだ。……さあ、出来たぜ」

「ありがとう」

差し出された下駄をはいて、娘はにこりとした。男も笑顔になって、

「あとで麻紐でしっかりすげ替えたらいい」

「あたし、おきくっていうの。よかったら帰りに寄ってちょうだいよ。お礼がしたいわ」

「寄れたら、そうするぜ」

暮色の漂いはじめた坂上へと立ち去ってゆく佐吉を見送っていたおきくは、

「あら、蛍」

と小さく声をあげた。あたりの夕闇に蛍が飛び交い、すげ替えてもらった鼻緒に一匹がとまって、かわいい小さな灯をともしていた。

翌年の夏、蛍狩りの人たちが往来するこの坂に、仲睦《なかむつま》じく手をとりあった佐吉とおきくの姿があった。その後も寄りそって通る二人を、二、三度見かけている。

夜が更《ふ》けてから、春先の淡雪が舞いだした坂を、提灯《ちようちん》の灯が二つ登ってきた。覚つかない千鳥足で、二人ともかなり酔っている。

「和尚《おしよう》さん、足もとにお気をつけ下さいな」

四十がらみの男の濁《だ》み声がいった。

「この坂で転ぶと、三年の内に仏になりますよ」

「たわけたことを申すな。わしは幾度も転んでおるが、この通りピンピンしとるわい」

笑い声をあげて二つの人影が坂上に消えると、春の淡雪が舞う闇に坂の声がした。

——あの娘が急の病いで亡《な》くなったのは、私のせいではない。

道灌山《どうかんやま》虫聴き

背中にすがりつくものがある。頼りなく軽く、濡《ぬ》れていて、なまあたたかい。

年老いた父をおぶっているのだ。

とうに死んだはずなのに、背中にちょこんと、五つ六つのわらべのようにかじりついている。

なおも不思議なことに、両の眼がつぶれ、顔が焼けただれている。いつからかと訊《たず》ねると、お前が生まれる前からだという。そんなはずはないが、たしかに自分の父親だ。

あたりは田圃《たんぼ》である。秋の陽はとうに落ちて、うねうねとつづく小径《こみち》を、提灯《ちょうちん》のほの明かりが照らしている。

「日暮《ひぐらし》の里にきたな」

背中で老父がいった。

「なぜわかる？」

「川獺《かわうそ》がいるじゃないか」

すると果たして川獺が鳴き、夕闇《ゆうやみ》に水音がして生きものの影が走った。

「どこへ行く？」

こんどは責めるようにきく。

「お父《とっ》つぁんを道灌山へ、虫聴きに連れて行くんじゃないか」

顔を半ば後ろにねじまげて答えると、

「すまねえなァ、親孝行をしてもらって」

と涙声でいい、両手をあわせて念仏を唱えたが、

「生きているうちに連れてきてほしかったなァ」

と恨みがましい声を出した。

心のうちを見すかされているようで、わが父ながら怖くなった。すると、「ふふふっ」と耳もとでせせら笑って、

「重いか」ときくので、

「重かァねえ」と答えると、

「そのうち、もっと軽くなる」

そういって、痩《や》せこけた両手でなおも首にかじりついてきた。

歩くたびに萎《な》えた老父の脚の骨が腰骨にあたり、ぐしょ濡れの襁褓《むつき》のなまあたたかさが背中にしみてくる。尿の臭《にお》いもする。剝《そ》ぎ落とすことのできない、血をわけた皺《しわ》の袋を背中にくくりつけているようで、こんなものを背負い込んでいては共倒れになると思い、どこか捨てるところはあるまいかと探しているのだが、いつしか小径は登りとなって、道灌山にきていた。

萩《はぎ》、尾花、葛《くず》、撫子《なでしこ》、女郎花《おみなえし》などの秋の七草が咲き乱れる小高い山のあちらこちらに、提灯の灯がゆっくりと行き交い、子ども連れ、夫婦者、若い男女などがひっそりと虫の音に聴き惚《ほ》れている。茣蓙《ござ》を敷き、酒を酌《く》みかわしながら、俳諧《はいかい》などひねっている粋人墨客もいる。

夏の末から秋にかけて江戸ッ子が好んだ虫聴きの名所は、隅田川東岸、王子辺、飛鳥山《あすかやま》、三河島辺、御茶の水、広尾の原、根岸、浅草田圃などだが、景色といい秋の虫の多さといい、道灌山が随一である。

山の西側には日暮の里の田圃のむこうに江戸の町並みがひらけ、東側には下日暮の里のひろびろとした田地とゆるやかに蛇行する隅田川の川面《かわも》が見え、日没前なら澄みきった秋空のかなたに筑波《つくば》山と遠く日光の山々も望見できる。

あたりの草叢《くさむら》から小さく鈴を振るごとくひときわ澄んで艶《つや》めいてきこえてくるのは、松虫である。やや頼りなげに薄い羽根をりんりんとふるわせているのは鈴虫。せわしない鳴き音は鉦叩《かねたた》き。蟋蟀《こおろぎ》も負けじと鳴いている。

「お父《とつ》つぁん、聴こえるかい？」

「ああ、聴こえる。生き返ったようだ」

「そいつァよかった」

「だけど、虫の数がめっきり減っちまったな」

そんなことはない。老父は耳まで遠くなってしまったのだろうか。

「お前がガキの時分、虫売りからきりぎりすを買ってやったもんだ」

昔を懐《なつ》かしむようにつぶやいている。

夏になると、長屋の路地へ虫売りがきたものだ。苗売りもきた。金魚売りや風鈴売りも。

一年中、江戸の町は物売りの声で賑《にぎ》やかだった。

「何もかもすっかり変わっちまった」

こほんと咳《せき》をした背中の老父が急に軽くなった。そして、

「このあたりだ」といった。

「何が？」

「何がって、わかってるだろう」

そういわれると、一切を知っているような気がしてきた。

「大勢死んだ。ひいじいさんも、じいさんも、婆《ばあ》さんも、父《とっ》つぁんも、おっ母《か》さんも、みんな仏になった。このわしもだ」

あたりに人影も虫の音も消え、背中の父の声だけになった。

「このあたりから見たもんだ、火の海を」

と空へ昇ってゆく声がした。

そうか、と思った。

黒船騒ぎのころの安政二年の大地震の大火。江戸が東京になってからの大正十二年の関東大震災の大火。そして、昭和二十年三月十日の東京大空襲。

三月十日のあの日、子供の私は空襲の猛火を逃れてここにきて、なおもくすぶりつづける焼け野原を見たのだった。

父が隅田川べりの町で焼け死んだ大空襲から六十余年後、七十をとうに過ぎた私は、道灌山の崖《がけ》上に残る諏訪明神《すわみようじん》社の境内から、ビルの立ち並ぶ西日暮里《にしにっぽり》の駅前の市街を、夜風に吹かれて見下ろしていた。

木更津余話

一

齢《とし》のころ十六、七だろうか。

あどけない顔をふせ、眼をとじ、両手を神妙に膝《ひざ》においで、男と並んでむしろに坐《すわ》らされている。ふっくらとしていただろう頬がこけ、透きとおるほどに白い肌は、水死人そっくりに生気がない。

それなのに、青縄で本縛りにきつくかけられた縄目が汗のにじむ薄汚れした獄衣にくいこみ、両の乳房のふくらみを際《きわ》だたせ、裾《すそ》のほころびからはむっちりとした太股《ふともも》がのぞいて、死にきれなかった女の哀れを漂わせている。

同様に縛られて隣に坐る男はといえば、親子ほどにも齢のはなれた四十男で、わずかに自由な両手でバツが悪そうにたがいの手首のあたりをかいたりしているが、羞恥《しゅうち》と後悔の念をおしかくすかのように時折り顔をあげて往来の見物人に目をやり、自嘲《じちょう》とも自棄ともつかぬ薄ら笑いを片頬に刻む。

「馬鹿《ばか》な野郎だぜ。いい齢をして、質屋の亭主がよりにもよって下女と心中沙汰《ざた》とはなァ」

「銭は人に貸すほどあるんだ、妾《めかけ》の一人や二人囲えるご身分だろうに、この暑さで気でも狂ったかねえ」

「全くだ。異人さわぎのご時勢だってえのに、なんであんな小娘に惚《ほ》れちまうのかねえ。虫も殺さねえおぼこづらして、女は怖えなあ。あの女《あま》ァ厄病神《やくびょうがみ》だぜ。惚れたのが男の因果ってもんだ」

「それにしても、二人そろって死にきれなかったのは、哀れだねえ。手に手をとって成仏《じょうぶつ》してりゃあ、いまごろは極楽浄土で、しっぽり濡《ぬ》れていただろうによ」

江戸日本橋南詰西の高札場の向い側、東の空地にある晒《さら》し場に立ち止まってのぞきこむ大勢の見物人が口々にいうのを耳にしながら、茂七《もしち》は人垣から身を乗り出して、晒しの男女を見ていた。

晒し場には七間（約十三メートル）と六間（約十一メートル）の四方に杭《くい》を打って縄を張り、その内側にも横に青竹二本を結んで二重の埒《らち》をつくり、菰《こも》、茅《かや》、囲いむしろの小屋に荒むしろが敷かれている。晒しの罪人は伝馬《てんま》町の牢《ろう》から引き出されて、朝五ツ時（午前八時頃）から夕七ツ時（午後四時頃）まで、そこに縄目のまま晒される。うしろには非人の番人が坐って監視する。

いま晒されている男女の前に立てられた捨札には、罪状が次のように記されていた。

不義の両名、大川にて相対死いたし候《そうろう》も双方仕損じ候に付、三日晒しの上、非人手下《てか》の事。

晒しは、磔《はりつけ》、獄門などの重刑にかならず付加される付加刑だが、単独刑としては情死未遂で生存した者や女犯の僧に執行されることは、茂七も知っていた。江戸の大川で情死未遂で生き残った場合は、ここ日本橋に三日晒してから非人頭に下げ渡されるのである。

茂七が初めて心中未遂の晒しを見たのは、八年ほど前、嘉永《かえい》二年の正月、吉原《よしわら》の遊女と客のそれだった。

十五のときから木更津《きさらづ》船《ぶね》の水手《かこ》になり、総州木更津と江戸を往復している茂七は、二十歳《はたち》を二つ過ぎた正月に見た、まだ松の内だというのに大川で心中に仕損じて晒された若い男女の姿が、記憶のひだにしみついて忘れられない。

あの日の朝も茂七は、前夜に木更津を船出し、品川沖で風待ちをして夜明けとともに大川にかかる永代橋のたもとから日本橋川に入り、江戸橋南詰西にある木更津河岸《がし》に船を着けたのは、朝六ツ半時（午前七時頃）だった。乗客をおろし、積荷の荷上げを手伝い、船宿で休憩する船頭の松五郎を見送ってから船の掃除をすませて河岸にあがった。隣の四日市河岸に建ちならぶ石蔵《いしぐら》の蔵屋敷の前を西にむかい、日本橋南詰に立つ青物市の雑沓《ざっとう》から今朝のように晒し場に出て、晒しの男女を見たのである。

女は二十歳《はたち》を少し過ぎたばかりらしい細面《ほそおもて》で、吉原の遊女だった。男は年下らしい色男で、捨札には下谷車坂の大工とあった。たがいに惚れあったが年若い大工には身請けする甲斐性《かいしょう》はなく、手に手をとって心中に及んだらしい。いや、あの女が手練手管で無理心中に引きずりこんだにちげえねえなどと、このときも見物人たちは口々に勝手な思惑をしゃべっていた。

その声をききとってか、死人のようにじっとうつむいていた女が、縄をかけられた身をわずかによじって、乱れ髪のふりかかる口もとにかすかな笑みを浮かべたのだ。

若かった茂七は、水底へその女に引きずりこまれたようにゾクッとした。幽霊さながらの蒼白《そうはく》の肌にほんのり紅がさしたようにも見え、その妖《あや》しい色香に鳥肌が立った。

（怖《おそ》ろしい。いや、なんて色っぽいんだ、男と身投げして死にそこないの女は……）

茂七は息苦しくなりながら、胸の奥でそうつぶやいていた。

いまも茂七はその八年前を思い出し、死にそこないの若い娘に哀《かな》しい色香を感じたが、あのときの強烈な衝撃にはとても及ばなかった。

それにしても、なぜ死にきれなかったのだろう。こんどの二人も縛り合って水に入っただろうに……。

「ああ、縁起でもねえ、死にそこないの晒しなんぞ見ちまって」

茂七は声に出して吐き捨てると、その場をはなれ、日本橋を南から北へ渡った。梅雨折りから青物市も橋の北詰東につらなる魚河岸の魚市も引け時に近い時刻で、梅雨がとうに明けて真夏の朝陽が照りつける橋の上は、青物や鮮魚を運ぶ大八車や天秤《てんびん》の荷がせわしなく往来し、武士もまじる老若男女で雑沓をきわめ、満潮の川面《かわも》にはおびただしい荷船、屋形船、猪牙舟《ちょきぶね》が行き交い、その間を房総や相州から鮮魚をはこんできた七丁櫓《ろ》の押送船《おしおくりぶね》が掛け声も勇ましく魚河岸の桟橋へ漕《こ》ぎ上ってくる。いつ見ても日本一賑《にぎ》わう、お江戸日本橋の風景である。

茂七は橋を渡りきると東へ曲がり、まだせりのつづく魚市場を通って江戸橋北のたもとに出た。対岸の木更津河岸に帆を下ろしてもやってある茂七の妙見丸が見える。そして江戸橋北詰のこの界隈《かいわい》は、船宿と魚河岸の仲買人が休憩する潮待《しおまち》茶屋が多い。

茂七は堀沿いを北に少し歩いて伊勢町の船宿伊勢屋に入った。

「おいでなさいな。遅いじゃないの、茂七さん」

帳場にいた女将《おかみ》が声をかけた。

「ちょいと、ひとまわりぶらついてきたんでね」

晒し場のことは口にせず、井戸端にまわって躰《からだ》の汗を拭《ぬぐ》い足を洗った。船頭の松五郎はいつものように朝飯に一杯ひっかけて、奥の部屋で高いびきだという。茂七も遅い朝飯をすますと仮眠をとることにした。木更津行きの船出は夜なので、荷積みのはじまる午後に船にもどればいい。

風通しのよい縁側に横になったが、晒しの男女の姿が瞼《まぶた》の裏にちらついて、すぐには寝つけなかった。晒しの後、非人頭に引き渡されるというが、何をやらされて、どのように生き延びるのだろう。考えても仕方がないが、男と女が好きになるのも、惚れ合って死を選ぶのも、死にきれずに晒されて非人に堕《お》ちぶれるのも、すべて運命《さだめ》だと思った。いや、この俺が三十にもなって独り身でいるのも運命ってもんだ……なァに、この春から一目惚れの女がいるじゃあねえか……あの女に今日は会えるかな……。

そう思案してぽっと胸に灯がともったような気分になっているうちに、深い眠りに落ちていた。

二刻《ふたとき》（四時間）ほど眠ったろうか。遠くからきこえる女の唄声《うたごえ》で目覚めた。

（あの女だ……）

茂七は起き上がると、伸び上がって垣根越しに外を見た。日盛りの堀沿いの道を、菅笠《すげがさ》をかぶり三味線を抱えた門付けの女太夫《おんなだゆう》が近づいてくる。

茂七は齢甲斐もなく、心ノ臓が高鳴るのを感じた。

二

伊勢屋の門口に立った女は、三味線を弾いて、木更津甚句《じんく》を唄いはじめた。

〽アー　木更津照るとも　お江戸は曇れ
可愛《かわい》い男が　ヤッサイモッサイ
ヤレコラドッコイ
コリャコーリャ　陽にやける

目覚めて帳場で女将と茶を飲んでいた船頭の松五郎が、上りはなに出て上機嫌に手拍子をとり、潮風で鍛えたのどで囃子《はやし》を入れる。

〽スタコラ　スタコラ　スタコラリャサ
　木更津浜辺も、スタコラホイダヨ
　　ホイホーイのホイ

あとから出て行った茂七も囃子にくわわり、女の唄に聴き惚れた。

女は菅笠の紅鹿子《べにかのこ》の紐《ひも》を薄化粧の細っそりとしたおとがいに結び、涼しげな単衣《ひとえ》に木綿の帯を引掛けに結んで、水色の脚絆《きゃはん》と白足袋に日和下駄《ひよりげた》。半襟に縮緬《ちりめん》をつけているのが妙に粋《いき》だ。すらりとした背丈の柳腰で、齢は二十七、八に見える年増《としま》だが、細おもての美形で、不仕合せそうな翳《かげ》りをまとった女の臈《ろう》たけた色香に茂七は魅《ひ》かれているのだ。

しかし糞《くそ》まじめで機転がきかず、躰《からだ》ばかりは頑丈だが顔は見ばえがせず、口べたで、ガキの時分からグズ七と渾名《あだな》された茂七は、いい齢をして、女の唄を褒める気のきいた言葉の一つもかけられないのが我れながら歯痒《はがゆ》い。

四十男の船頭の松五郎は、鳥目《ちょうもく》をはずんで愛想よく声をかけた。

「ありがとよ。いいのどだなァ、太夫は。木更津甚句は、おいら木更津の船乗りにゃ何よりの唄だ。木更津行きの客が集まる日暮れにまた来なよ。客はよろこび、姐《ねえ》さんは稼ぎになる。夜分に船に来てくれてもいいんだぜ」

「そうだよ、姐さん」

茂七は大きくうなずいて、そういうのが精一杯だった。

木更津甚句は、江戸に出て木更津亭柳勢と名乗る落語家になった茂七の幼な友達の子之吉《ねのきち》が作詞作曲して江戸の寄席《よせ》で唄ったのがきっかけで、去年、安政三年の暮れ頃から江戸市中で流行《はや》り出し、今年になってからは木更津でも唄われるようになった。

その柳勢のことを茂七はこの女に話したいと思いながら、今日もいい出せなかったのだ。

「小股《こまた》の切れあがった、いい女だ」

松五郎は立去ってゆく女の腰のゆれを舐《な》めるように見つめながらいい、

「だがな、門付けのたぐいの女に手を出しちゃいけねえ。ことにあの女は、暗い影をひいてるぜ」

と茂七に半ば言いきかせるように独り言をいったが、茂七は自分を見た女の眼に特別なものを感じて、風鈴売りの通る中ノ橋を渡ってゆく女の後姿が見えなくなるまで眺めてから、今夜船に来てくれるだろうと弾む足どりで妙見丸にもどった。

荷積みが終わり、日が暮れてから、伊勢屋で夕飯をすませた客を女将が送ってきた。

今夜の夜船《よぶね》の客は男女七人で、物見遊山《ものみゆさん》の隠居と供の者、木更津の賭場《とば》へでもいくらしい遊び人ふうの男、近江《おうみ》から来たという薬売り、魚河岸の仲買人と江戸へ買物にきた木更津の夫婦者である。

妙見丸は二百石積みの五大力船《ごだいりきぶね》で、五大力菩薩《ぼさつ》の名に由来するこの船は、江戸を中心に関東周辺の海運に活躍する帆走の海船だが、江戸市中の河岸に乗り入れるために喫水が浅く細長い船型で、川筋では棹《さお》を使い、橋の下をくぐるので帆柱が倒せる。

江戸と木更津を往復する五大力船は木更津船と呼ばれ、積荷は米穀、薪炭《しんたん》、肥料の干鰯《ほしか》などで、客も乗せる貨客船である。江戸から木更津まで陸路だと十九里半（約七十八キロメートル）だが、海路なら十三里（約五十二キロメートル）、順風なら二刻（四時間）ほどで着く。木更津船は大坂の陣のとき木更津の水手が徳川幕府の水軍に加わり功があったことから特権を与えられ、以来、積荷も乗客も多く、ことに伊勢参り、大山詣《もう》での客が利用するので十余艘《そう》もある。

それに、四年前の嘉永六年、ペリーの黒船四隻《せき》が浦賀にきて大騒ぎになった年の正月、八代目市川団十郎が歌舞伎《かぶき》世話狂言『与話情浮名横櫛《よわなさけうきなのよこぐし》』を中村座で初演して以来、主人公の江戸の商家の若旦那《だんな》、与三郎が木更津で地元の博奕打《ばくちうち》の愛妾《あいしょう》お富となじみ、露見して総身に三十四ヵ所も刀傷をうけるなどの筋立ての芝居が人気を呼び、その舞台となった木更津へ旅する者がふえた。

今夜は客が少ない方だが、伊勢屋であの門付け女から木更津甚句をきいてきたらしく、一杯機嫌で口ずさんでいる者もいた。しかし、茂七が首を長くして待っていたのに、とうとう女は姿を見せなかった。

いざ船出の五ツ半時（午後九時頃）、呼ばわりながら息せききって駈《か》けこんできた客がいた。手をとりあった男女で、男の方は落語家の木更津亭柳勢、茂七の幼な友達だ。

「誰かと思ったら、子之吉じゃねえかい」

茂七は懐《なつ》かしく声をかけていた。二度ほど寄席をのぞいたことはあるが、久しぶりだ。

「達者そうだな、茂七も。こいつは連れだよ、おもんってんだ」

子之吉はニヤリとして女を紹介した。少ししゃくれ顔だが、派手な柄の浴衣《ゆかた》を粋に着こなした二十四、五の化粧の濃い女で、三味線を抱えている。すぐ後から伊勢屋の提灯《ちょうちん》をさげた女中が酒肴《しゅこう》と弁当を運んできた。

「急いでたもんで、夕飯がまだなんだ。船でゆっくりやらしてもらうぜ。よかったら、みなさんもどうです？」

子之吉が乗客に声をかけると、

「おや、柳勢師匠じゃないかい」

寄席通いが道楽らしい隠居がうれしそうに応じ、他の客も笑顔になって、胴間に女と坐った子之吉を囲んだ。

「船を出すぜ！」

松五郎が威勢のいい声で告げ、若い水手の庄吉《しようきち》がもやいを解き、茂七と二人で棹《さお》を手にした。俗に〝棹は三年、櫓は三月《みつき》〟といわれて棹の方がむずかしく、舷側《げんそく》の外側に長い棹走りがある木更津船では、両側のその棹走りで水手二人が息をあわせて棹を使う。伊勢屋の女将と女中に見送られて桟橋を離れた妙見丸は、江戸橋の下をくぐり、灯のともる江戸の町を両岸に見て、鎧《よろい》ノ渡シをすぎ、大川へと日本橋川を下った。

胴間では宴会がはじまり、連れの女の三味線で木更津亭柳勢の子之吉が自慢ののどで木更津甚句を披露した。

〽アー　舟乗りゃ風が頼りで　帆柱しんしょ
行く先ゃ我が家で　ヤッサイモッサイ
ヤレコラドッコイ
コリャコーリャ　女郎が待つ

舵《かじ》をとる船頭の松五郎も唄い、妙見丸は永代橋西詰にある船番所の常夜灯を左舷に見て大川に出ると、帆柱を立て帆を張った。人足寄場のある石川島を左舷に見て佃島《つくだじま》の沖を過ぎ、江戸湾をしばらくいくと、パタリと風が止《や》んだ。風待ちをせねばならない。

胴間では柳勢と女がまだ飲んでいたが、他の客は船室に入ったり積荷に身をもたせかけたりして眠っている。茂七が帆柱のところであぐらをかいて一服つけていると、子之吉が徳利をさげて近づいてきて隣に坐った。

「どうだい、一杯やらねえかい」

「おらァ、遠慮しとくよ」

「相変らず糞まじめな男だなァ。三十づら下げて、まだ独り者かい。いい女はいねえのか」

「まあな……」

「あたしも独り身だが、女には困りませんよ。木更津亭柳勢といやァお江戸広しといえどもいまじゃ指折りの人気咄家《はなしか》だ。女にもてもてよ。なんなら、茂七に廻してもいいぜ。おぼこ娘がいいかい、それとも床上手の後家はどうだい」

ガキのころのように身を寄せて、熟柿臭《じゅくしくさ》い息を吐きかけながらしゃべる子之吉は、昔と変わらない。

木更津弁天町の菓子舗江之島《えのしま》屋の総領の彼は、ガキの時分から目端の利《き》く悪戯者《いたずらもの》だったが、茂七とは寺子屋で机を並べた仲で、性格は正反対なのになぜか二人は気が合い、子之吉は茂七には悪戯をせず親切で、茂七のほうは喧嘩《けんか》のときかばったりした。ところが子之吉は、十三、四のころから家の銭を持ち出して隠れて酒を飲んだり賭場に出入りするようになった。十七のとき、ついに家を捨てて江戸へ出奔したのだ。茂七の船に乗って強がりをいっていた子之吉が、江戸に着いて船を降り、手をふって師走《しわす》のからっ風が吹く江戸の町へ走り去った後姿を、茂七はよく覚えている。どのような伝《つて》を頼ったのか、人情咄家三代目麗々亭柳橋の弟子になったが、時折り、茂七の船へ銭をせびりにきたものだ。

その子之吉が三十近くになって、木更津甚句をつくって高座で唄ってから、にわかに人気が出たのである。木更津甚句の流行は、〝切られ与三《よさ》〟の人気にあやかったともいえる。〝切られ与三〟を演じて大当りをとった八代目団十郎は、その翌年八月に大坂で謎《なぞ》の自殺をしたが、芝居ではメッタ斬《ぎ》りにされた与三郎《よさぶろう》は生きのび、海に身を投げたお富も助かり、四幕目「源氏店《げんじだな》妾宅の場」で再会するのである。

「実はな、あの女」

と柳勢の子之吉は茂七の耳もとでささやいた。

「師匠のこれなんだ」

右手の小指を立て、首をすくめてニヤリとした。

「えッ、師匠のって……」

「柳橋師匠の妾《めかけ》だよ」

「……そんな、おめえ……」

「いい女だろう。あいつもあたしにぞっこんなのさ」

「でも、そんなことして……」

「なあに、師匠にはほかにも女がいるのさ。その女と旅に出た鬼のいぬ間の何んとやらってわけだ。おもんも悋気《りんき》おこしてんのよ。あたしの甚句の木更津をぜひ見物したいとせがむんで、おめえの夜船で道行きと洒落《しゃれ》たってわけだ。師匠にバレたってたいしたことァねえ。バレっこねえけどな」

子之吉も一服つけると煙管《きせる》をくゆらせながら、向うにいる女をうっとりと見て言葉をついだ。

「どうだい、ああして月の光をあびて海を眺めてる姿なんざァ、旦那にすげなくされた女の、寂しげで投げやりな色っぽい風情《ふぜい》が何んともいえねえなあ。茂七、おめえ、そう思わねえかい」

折りから十七夜の月が昇り、女は船端にもたれて頬杖《ほおづえ》をつき、月光にきらめく凪《なぎ》の海を放心したように眺めていた。

茂七は門付け女の翳りのある横顔を二重映しに思い浮かべ、月の明かるい夜は水面《みなも》に映る月の光に誘われて身投げする者が多いことをふと思い出していたが、しばらくして訊《たず》ねた。

「ひとつ聞きてえことがあるんだ」

「何んだい、藪《やぶ》から棒に」

「おめえのつくった木更津甚句の文句なんだが、〝木更津照るともお江戸は曇れ〟てのは、〝江戸の可《か》愛《わい》い男が、陽にやけねえように〟ってわけだな」

「そうだよ。木更津の女どもが色のなまっ白い江戸の優男《やさおとこ》に惚《ほ》れてんのよ。だけど、ありゃ船唄《ふなうた》だから、おめえみたいな船頭に惚れた木更津女が、その〝可愛い男が〟これ以上陽にやけねえように、〝お江戸は曇れ〟と願ってもいるんだ」

「木更津の男なら、惚れちまった〝江戸の可愛い女〟が、陽にやけねえようにだな」

「茂七、おめえにしちゃ上出来だ。〝江戸の可愛い女〟ねえ」

作者の子之吉はいま気づいたかのようにひょうげて扇子でおでこをぴしゃりと叩《たた》い

た。そして、しんみりといった。

「俺たちゃ鼻たれガキの時分から、海の向うの江戸の女に憧《あこが》れたもんだ。色の白い粋な女にな。〝木更津照るとも、お江戸は曇れ〟って」

三

妙見丸が木更津に着船したのは、翌朝の明け六ツ時（午前六時頃）だった。遠浅なので艀《はしけ》が使われるが、夏場には臑《すね》まで水につかって岸へ歩いて渡る者が多い。なれている子之吉は尻端折《しりはしより》して海に飛びこみ、浴衣の裾《すそ》をからげて白い臑をあらわにした女の手を引き、三味線を持ってやって、はしゃぎながら上陸していった。

矢那《やな》川河口の湊町《みなとまち》木更津は、海岸にそった南片町、仲片町、北片町に船問屋、船宿、旅籠《はたご》、待合茶屋、鰻《うなぎ》めし屋などが賑《にぎ》やかに建ち並び、船頭、水手《かこ》の家々も並ぶ。茂七が北片町のわが家にもどったのは、午《ひる》を過ぎていた。古い長屋で、潮風にさらされた軒が傾いている。

「いま帰ったぜ」

声をかけても返事がないのを知っているが、茂七は土産の干菓子の包みを下げて土間に入った。二間きりしかない奥の部屋から、痰《たん》のからんだ咳《せき》が聞こえる。薄暗いその部屋のせんべい布団《ぶとん》に父の弥助《やすけ》が寝て、肋《あばら》の浮き出たはだけた胸を団扇《うちわ》であおぎながら咳をしていた。傍らの盆に近くに嫁いでいる姉のおはるが用意してくれた握り飯が手つかずで置かれ、徳利がころがっている。

「この糞《くそ》暑いのに締めきって、飯も食わずにまた朝から酒をくらってたのかい」

「おや、茂七か。久しぶりだな」

「何が久しぶりだい。三日に一度は帰ってるぜ」

「十日の余も会わなかったな」

「そんなに会わなかったら、とっつぁんはおッ死んでんだろうよ。いい加減にくたばったらどうだい」

「ああ？……何んてったんだ？」

「聞こえねえふりしやがって。冥土《めいど》のおっかあが呼んでくれねぇんだな。因果なもんだ。おかげで倅《せがれ》のおいらァいつんなっても嫁が来ねえって、いったんだ」

「はあ……？　ブツブツしゃべってんで、何いってんか聞こえねえ」

「ふん、勝手にしやがれ」

「茂七、親にそんな口きいてバチが当るぞ」

「バチならとっくに当ってらァ」

「……その下げてんのは何だ?」

茂七がガキの時分は船持ちの立派な船頭だったのに、酒と女と博奕の道楽がたたって船をなくし、家も失い、長屋に移って五十を過ぎてからは中風《ちゅうぶう》も患《わずら》いすっかり耄碌《もうろく》して、近頃は耳も遠く眼も不自由なのに、茂七の下げている小さな包みを見つけて、弥助はニタリとした。

「おはる姉さんへの土産だよ。とっつぁんがいつも世話になるから、たまには江戸の甘えもんでもと思ってな」

「そうか、おらへの土産か」

弥助は震える指先で奪いとるようにして、干菓子を歯のない口に頬張った。

「へっへっへ……。うめえなァ。さすが江戸の菓子は乙な味だ。江戸の女みてえだ」

「ちきしょう。おっかあの仏壇にも上げずに喰いやがって」

茂七はまたも悪態をついたが、菓子を喰ってえびす顔の親父《おやじ》を見て苦笑せざるを得ない。こんな父子《おやこ》の暮らしが、十年もつづいているのである。

物心ついた頃から茂七は、父の後始末をして苦労してきた母を見てきた。次々に女でしくじる弥助は、そのたびに女房に両手をついて詫《わ》び、涙まで流して後始末を頼んだ。酒と博奕《ばくち》でしくじったときも同様だった。いつだって母は父を許し、金子を工面し、父が腕のよい船頭として立ちいくようにした。しかしそれも限りがあった。母は病いになり早や死にした。父は船を失い、大酒がたたって卒中で倒れ、茂七の兄たちは愛想をつかして出ていった。茂七は別の船頭の水手になったが、ほとんど酒を飲まず、博奕には決して手を出さず、たまに商売女は抱いても好きな女をつくらなかったのは、母の苦労を身にしみて見てきたのと、自分の躰の中にも女好きの父の血が流れているとの怖《おそ》れからだった。もっとも、海のかなたの江戸の女に憧れを抱いても、グズ七の茂七は女にもてるような男ではなかった。

その茂七が、耄碌した親父のいるわが家にもどって、木更津の海を眺めながら、今日も木更津甚句《じんく》を唄って江戸の日盛りの町を門付けしているだろう女のことを想《おも》って、胸苦しさにとらわれているのである。

（一度でいい。一度でいいから、あの女を抱いてみてえ……）

四

木更津の八幡《はちまん》神社の夏祭も江戸の天王祭も終わり、大川の花火も盂蘭盆《うらぼん》の精霊流《しょうりょう》しもすんで秋風が立つようになったのに、あれ以来、門付けの女太夫《おんなだゆう》は姿を見せなかった。

（病いにでもかかったのだろうか……）

荒れ模様のその日、江戸の木更津河岸《がし》からの今夜の船出は中止になって、嵐《あらし》にそなえて船がかりを確かめ、もやいを厳重にしていた茂七がふと顔を上げると、誰彼時《たそがれどき》の江戸橋の上にあの女が立っていた。

女は微笑《ほほえ》み、会釈《えしやく》をした。茂七もあわてて会釈をかえしたが、荒れ模様に雲が流れ、夕陽の残映が鬼灯色《ほおずきいろ》ににじむ日昏《ひぐ》れの空を背景に橋の欄干に身を寄せて佇《たたず》む女の姿に、魂が吸いこまれる気がした。女は先刻からそこに佇んで、茂七を見ていたらしい。ふっと姿が見えなくなって、女を見たのは気のせいだったかと落胆していると、すぐそこの桟橋に女が立っていた。

今日の女は菅笠《すげがさ》をかぶらず、三味線も持たず、長い洗い髪を白いうなじで無造作にたばねて、黄楊《つげ》の櫛《くし》をさしている。白っぽい単衣《ひとえ》を着て、すあしに日和下駄《ひよりげた》。

「この船なんですね、哥《にい》さんの木更津船は」

女はにこりとしていった。

「……へい」

茂七の笑顔はうれしさでぎごちない。

「乗せておくれな」

そういわれて、茂七がいつも客にするように手をさしのべると、女はその手に軽くつかまって船端《ふなばた》をまたいだ。ひんやりとした手だ。日和下駄が鳴り、わずかに船が揺れる。

女は倒してしっかりと固定してある帆柱をめずらしそうに撫《な》でてみたり、艫《とも》にいって舵《かじ》に触れてみたりした。

「いい船ね」

「ああ。……ありがとよ」

「あたし、一度でいいから木更津船に乗って江戸の海へ出たいと思っていたんですよ。でも……」

あとの言葉をにごして、女は寂しそうにわずかに首を振った。

「造作もないことじゃねえかい。木更津まで、船賃は二百文ですぜ」

それには答えず、茂七のそばにきた。

「姐《ねえ》さんは江戸の生まれかい？」

何を話していいかわからず、ぎごちなく訊ねた。女は少し黙っていたが、

「売られてきたんですよ、夜船でね」

とかすれ声で答えた。川面《かわも》に眼を落している。暮色の漂う川面に雲の流れる夕焼け空が映り、そこに女の影が落ちていた。

「余計なことを聞いちまったな」

「いいんですよ。利根川の関宿《せきやど》から夜船で川を下って、明け方に大川の両国河岸について、はじめてお江戸を見たんです」

「下総《しもうさ》の生まれかい、姐さんは」

ふんと鼻先で嘲《わら》うようにして、女は不意に身を寄せてきた。年増《としま》女の身のほてり香と洗い髪が匂《にお》った。茂七が夢中で手荒に抱きしめると、女が少しあらがったので、二人はもつれあって船室に倒れこんだ。

茂七が乱暴に女の口を吸おうとすると、女はしなやかそうな指で軽く制して、

「いいのかい、このあたしで」

とささやき、間近にのぞきこむ女の眼の奥に赤い光が揺れた。あとで思えば、水に映る夕焼けの光が映りこんだのかもしれない。

茂七が思いきって女の着物の八つ口から手をさしこみ、乳房に触れると、女は身悶《みもだ》

えし熱い息を吐いて、女の方から唇を求めてきた。肌は水に濡《ぬ》れたようにひんやりと冷えているのに躰の芯《しん》に火照《ほて》りが感じられ、乳房は豊満で、乳首は乙女のように可愛い。茂七がすそをわって股間《こかん》を指先でさぐると、あらがいながらもむっちりとして肌理《きめ》こまやかな股の奥の秘貝は、もう濡れていた。

やがて女は帯を解き、柳腰の細っそりとした裸体をあらわにして茂七をうけいれた。茂七が両の乳房をかわるがわる吸うと、しなやかに身をそらして悶え、うっすらと眼に涙を浮かべ、見下ろす茂七の首に両手をまわしてやさしく撫でながら、涙に潤《うる》む眼でうっとりと見上げて、うれしいとささやいた。

茂七はその女を間近に見下ろして夢のように思い、上体をそらしてふと外を見た。

夕焼け空が真赤だ。あたりは薄暗いのに、風が烈《はげ》しくなって雲のちぎれ飛ぶ夕焼け空が、火の粉の舞う大火事か血を流したように赤い。嵐の前兆のその赤く爛《ただ》れた空が、この世のものとも思えぬほど美しい。

それだけではなかった。鴉《からす》の群れが狂ったように鳴きわめいた。対岸の魚河岸からだった。普段でも人気のなくなった日昏れ時に魚市の捨てた魚をついばみにくるが、今日のようにおびただしい群れの、半狂乱の鳴き方ははじめてだ。赤く爛れきった夕焼け空を、黒い鴉の群れが鳴きわめきながら渦をまいて飛び交っている。

（縁起でもねえ）

大嵐がくるので、狂い鳴きしているのだろうか。

（そうじゃねえ。とっつぁんが、とうとうおっ死ぬのか……）

母が死んだ日も朝から鴉鳴きが悪かったが、厄病神《やくびようがみ》のような親父がようやく死んでくれると思うと、この女が福をもたらしてくれたようで、自分の躰の下でよろこびに悶える女をいっそう愛《いと》しく見つめて激しく求めた。

嵐の前の血に爛れたような夕焼け空とおびただしい鴉の群れの狂い鳴きは、女の性もたかぶらせているようだった。女は茂七の一物をうけいれて切なそうに悶え、半狂乱に声をあげ、さらに女体の深みへと茂七を誘った。

茂七もこれまで押えに押えていた父親ゆずりの好色の血が一気に噴き出したようで、その暗い情念に身をまかせきって、この女とならば地獄に堕《お》ちてもいいと思った。

その瞬間、脳裡《のうり》に白い女の顔がのぞいた。あの女だ。八年前の正月に晒《さら》し場で見た、大川で心中に仕損じた遊女の、あのかすかな笑みを浮かべた顔。そして、ほんのりと紅がさしたような蒼白《あおじろ》い肌までが。暗い水底から、あの死にそこないの遊女が誘っているようだ。

（いけねえな、いけねえ、あんな女を思い出しちゃあ……）

だが、この世のものとは思えぬ、妖《あや》しい女体の闇《やみ》の奥深くに落ちてゆく陶酔に誘いこまれ、その恍惚《こうこつ》とした仄暗《ほのぐら》い水底で茂七は果てた。

いつか鴉の鳴き声は止《や》み、あれほど鮮やかだった夕焼けもとうに消えて、闇が訪れ、風がいっそう烈しくなって波も立ち、船が軋《きし》み、揺れていた。

やがて女から身を起こした茂七は、女と並んで仰向《あおむ》けに寝て風の音をきき、船の揺れに身をまかせて黙っていた。すると女が、細く小さな声でつぶやくように口ずさんだ。

〽船は千来る　万来る中で
　わたしの待つ船　まだ見えぬ

どこか遠くを風が吹きぬけるような哀《かな》しい声だった。

「船は来るさ。……また来てくれるかい」

女はうなずいたようだった。

茂七はいつの間にかうとうとした。はっとして目覚めると、女の姿はなかった。茂七の汗のひいた陽やけした肌にほの甘い移り香を残し、かたわらに黄楊の櫛を落して、嵐の近づく闇へ女は消えていた。

五

それっきり、いくら待っても、女は姿を現さなかった。門付けにも来ない。茂七は時間のとれる限り江戸の町を探し歩いた。昼の船できたときは、木戸がしまる夜遅くまで歩きまわった。

名も聞いていない女とのたった一度の肉の交わりは、信じられない白昼夢のようだ。だが、惚《ほ》れた女との、あのような宵の一度きりの逢瀬《おうせ》だから、かえって繰り返し思い出されて、女の喘《あえ》ぐ息遣いや肌の冷えと火照りや熱く濡れた秘貝のしまりぐあいがいま抱いているようで、深く昏《くら》い水底へ女と落ちてゆくあの陶酔に誘われて、茂七は気が変になりそうだった。夢でない証拠に、少し髪油のしみた何の変哲もない女の木の櫛を撫でてみる。

二度ほど、女の姿を見かけはした。一度は、夜船で日本橋川を大川に出たとき、永代橋西詰の船番所の常夜灯のそばの堤に、あの女がいた。髪に手拭《てぬぐい》をかぶり、一方の端を口にくわえてしゃがみこんでいた。茂七が気づいて船の上から呼ぼうとしたとき、女の姿は消えていた。気のせいだったかもしれない。月のない夜で、常夜灯の明かりだけだったから、別の女を見間違えたのかもしれなかった。だが、あの女がそこにしゃがみこんで、茂七の船が通るのを待っていたのだ。あとの一度は、昼間の船で大川に出たときだ。永代橋の上に女が佇んで、茂七の方をじっと見下ろしていた。だがそれも、ずい分と遠かったし、橋の上に大勢の人がいたから、見間違えか気のせいかもしれなかった。

時雨《しぐれ》が降り、紅葉の秋も過ぎて、江戸の町にからっ風が吹くようになった師走《しわす》の一日、その日も女を探して深川の町を歩きまわっていた茂七は、万年橋のたもとでばったり子之吉に出会った。

近くの居酒屋へ誘っておきながら馳走《ちそう》してくれとねだった子之吉は、実は柳橋師匠に破門されて江戸市中の寄席《よせ》には出られないのだと話した。師匠の妾《めかけ》のあの女との仲がばれて破門され、女からは捨てられたという。場末の小屋に出て稼いでいるから酒と女には困らないと相変らず強がりをいったが、水っ洟《ばな》をすすり、嫌な咳《せき》をした。

茂七は思いきって、門付けのあの女太夫のことを訊《たず》ねてみた。すると勘のいい子之吉はニヤリとしていった。

「馬鹿《ばか》だな、おめえは。ああした女に惚れたら、命が幾つあっても足りねえぞ」

「おどかすなよ、冗談だろう」

「おどしでも冗談でもねえ」

子之吉はまじめな恐《こわ》い顔になって話した。

物乞《ものご》いはむろんのこと、門付けをする芸人も、手妻遣いにしろ祭文《さいもん》語りにしろ女太夫にしろ、人別（戸籍）から省かれた「帳外の者」だという。伝馬町の牢《ろう》の下番人、死刑人や川流れの死体を処理する小屋番人などもそうで、非人頭の〝浅草の善七〟の〝溜《たま》り〟に属している。女の場合は髪の元結は黒、木の櫛のほかはさしてはならない決まりがあるから見ればわかる。その女はどうだったと聞かれて、茂七は子之吉から視線をそらした。

茂七も「帳外の者」についてある程度のことは知っていたし、あの門付けの太夫が何かわけあって身を堕《おと》したのだろうと想像して、その哀れで切ない年増女の色香に魅《ひ》かれてもいたのだが、場末の小屋まわりをするようになって下層の者について詳しくなった子之吉は、茂七の心ノ臓が凍りつくようなことをいった。

「その女太夫は、以前、大川で心中して死にそこなった吉原の遊女だった女じゃねえのか」

「えっ……まさか、そんな……」

「あの晒しはあたしも見たよ。心中して死にそこないの女の色気ってえのは、凄《すげ》え艶《つや》っぽさだ。尋常じゃねえ」

「ああ。……若い男の方はどうなったんだい？」

「男の方も三日晒しの後、〝浅草の善七〟に引きとられたが、川流れを運ぶもっこ担《かつ》ぎになったらしい。ところが親戚《しんせき》の者があまりにも不憫《ふびん》だ、外聞が悪いと、入用金を出し合って〝溜り〟から〝足洗い〟をさせたそうだ。かなりの金子を積むと、人別帳にのる人間にもどれるんだな。だがもとの大工にもどったものの、女のいる江戸では暮らせねえから、関西《かみがた》へ行ったらしい。入用金の出せねえ女の方は、器量よしだから〝浅草の善七〟に芸を仕込まれて門付け芸人になったんだな。自由な身じゃねえから、江戸の外には出られねえ。船にも乗れねえから木更津へも行けねえわけだ。いずれは夜鷹《よたか》で稼ぐほかはねえが、生涯、浮かばれねえ〝帳外の者〟で終わるのよ」

そんな女に惚れたら、善七の手の者から脅され、つきまとわれて骨までしゃぶられるだけではない、死にそこないの女からいつまた大川に引きずりこまれるかわからないと、子之吉は茂七の身を案じた。そうして最後にこういった。

「そうだ、この夏、門付けの女太夫が大川に身投げして、その川流れがすぐそこの両国の百本杭《くい》にあがったと噂《うわさ》をきいたが、まさかあの女じゃねえだろうな」

「……そ、それは、夏の……いつのことだ？」

「たしか、盂蘭盆《うらぼん》の精霊流《しょうりょう》しのころだったはずだが……」

それならば違う。あの女が船にきてくれたのは、精霊流しの後だ。大川に身を投げたのは別の門付け太夫だ。

（……いや、もし身を投げたのがあの女なら……俺が抱いたのは……）

茂七は背筋が粟立《あわだ》ち、全身に冷水《ひやみず》を浴びせられたように震えがきた。……荒れ模様の雲が飛ぶ誰彼時《たそがれどき》の空からすーっと現れたかのように橋の上に佇《たたず》んでいた女……水にびっしょり濡れたようにひんやりとしていた白い肌……女を抱いていたときの地獄さながらだった赤く爛れた夕焼け空とおびただしい鴉の群れの不吉な狂い鳴き……一瞬、赤く光ったあの女の眼は、地獄からこの世の火を盗みにきた者の眼か……。

「そんなことはねえ……そんなわけはねえ……」

ぶるぶる震えてそう口走りながら、茂七は飯台の酒をたてつづけにあおった。

どのように子之吉と別れたのか覚えていない。気がつくと、したたかに酔ってふらつきながら、両国橋を渡り西詰まできて、欄干にかじりついて百本杭の岸辺を見下ろしていた。そこは大川が大きく曲流しているので護岸のためにおびただしい杭が打ちこまれていて、時折り川流れの死体がひっかかって上がるのである。

（……俺がこの齢《とし》になってはじめて心《しん》から惚れた女が、心中で死にそこねたあの遊女だったとしても、俺の木更津船にきてくれて、ああして躰をひらいてくれた女が死人《しびと》であるわけはねえ。幽霊であるわけはねえ。必ず生きてる。不幸な運命《さだめ》だから〝浅草の善七〟に商売替えをさせられて、それで来られねえんだ。必ずこのお江戸のどこかにいる……）

それにしても茂七には、どうしてもわからないことがあった。

（なぜ、あの女はこんな俺に惚れたんだろう。どうして、わざわざ船に来てくれて、あの細っそりとしたしなやかな女体をひらいてくれたんだ……。一度大川で心中をしくじった女は、いつか真底惚れた男とあの水底の浄土へ還《かえ》ってゆくのか……その惚れた男がこの俺……）

「近頃のてめえはどうかしてるぞ。腑《ふ》抜《ぬ》けみてえにボンヤリしやがって、以前のグズ七みてえだ！」

松五郎から幾度も怒鳴られたが、茂七は船に乗れば棹を使い帆を繰って、束《つか》の間《ま》でも女を忘れることができた。

年が明け、松の内が過ぎたその夜、大山詣《もうで》帰りの大勢の客を乗せて船出した茂七の夜船が大川に出て、佃島の沖を過ぎ、江戸湾の海上をかなりきたとき、客はみな寝静まっているのに、舳《へ》先《さき》に女が一人いるのに茂七は気づいた。

中天に昇った十六夜《いざよい》の月が皓々《こうこう》と照る初春《はつはる》の波おだやかな江戸の海を、女は船端に身をもたせかけてうっとりと眺めている。

(……あの女だ!)

月の光を全身に浴び、豊かな乱れ髪を海風になびかせ、月光がきらきらと煌《きらめ》く海面を吸いこまれるように見つめている。十六夜の月の光は、昏《くら》い海の底深くまで射《さ》しこんで、この世の苦も悩みもない、男と女が身も心もひとつに溶け合える水底の浄土へとどいているようである。

女が茂七を見て微笑《ほほえ》んだ。そして、手招いた。

(俺でいいのなら、一緒に往《ゆ》くぜ。泳ぎは達者でも、決して仕損じはしねえよ)

ふと、まだ死なない親父《おやじ》の顔が浮かんだが、茂七はどこか哀《かな》しい母の面影を宿した女に近づいて、月の光で透きとおって蒼白い、ひんやりとした女の手をとった。

水の匂《にお》い

一

めざす軽業小屋は、ようやく見つかった。

《娘軽業　曲乗り早替わり》

色褪《いろあ》せた幟《のぼり》が盂蘭盆《うらぼん》の大川の川風にひるがえり、小屋のうちから笛、太鼓、三味線のお囃子《はやし》がにぎやかに鳴りひびいている。木戸口の高座に片ひざ立てて坐《すわ》った、吉原かぶりのじいさんの木戸番が、相変らずつぶれたのどの呼び込みの声を張り上げているのも正月に来たときと同じだが、人びとでにぎわう西両国の盛り場の隅の方へ場所が変わっていて、小屋掛けもみすぼらしくなったように勘太《かんた》は思った。

今日は奉公人に正月とお盆に年二度ある藪入《やぶい》り、その七月十六日である。芝神明町の料理茶屋に丁稚《でっち》奉公する十二歳の勘太は、前髪を残した若衆髷《まげ》だが、女将《おかみ》さんが揃《そろ》えてくれた仕立て下ろしの浴衣《ゆかた》に角帯をしめ、裏鉄《うらがね》のついた真《ま》っ新《さら》の雪駄《せった》ばき。帰る親元のない勘太は、歩くたびに裏鉄が地面にすれて粋《いき》に鳴る、いっぱしの料理人気どりで、江戸一番の盛り場へ弾む足どりで来たのである。懐《ふところ》には店の主人からもらった小遣い銭が五十文。そのなかから木戸賃三十二文を払って、小屋の中に入った。大入りかと思ったら、客のまばらな四分の入りだが、お仕着せに装《よそお》った藪入りの若い男女が多い。待つほどに拍子木が鳴り、女座長の口上があって軽業がはじまった。

幕開きの芸は、高々と渡した細長い板の上を、ねじり鉢巻き鳶装束《とびしょうぞく》の娘たちが片手に色鮮やかな柄傘《からかさ》、片手にこれまた派手な扇子を持って、踊りながら渡る〝江戸の花《はな》木舞《こまい》渡り〟。喝采《かっさい》のうちに番数がすすんで、勘太お眼あての一座の花形、娘軽業師福松の出番だ。

福松を紹介する口上があってお囃子が入ると、勘太は胸の鼓動が激しくなり、息苦しくなった。今年の正月の初めての藪入りのとき、その後修業のつらさに耐えきれずにやめてしまった兄弟子に連れられてこの小屋で生まれて初めて娘軽業を見て、福松の白塗りの妖《あや》しく美しく哀《かな》しい笑顔に、夜も眠れぬほど魅せられてしまったのだ。この半年、いくど夢に見たことか。

書割りが富士の裾野《すその》の風景となった舞台に、三味線を弾きながら武者姿の女座長が現れた。大柄な女なので豪勇な鎧《よろい》姿が似合う。背中に高さ二丈（約六メートル）もある旗指物《はたさしもの》を差している。先端になびく白旗の紋は笹龍胆《ささりんどう》。源頼朝《みなもとのよりとも》〝富士の裾野の巻狩り〟の場面である。

頼朝に扮した女座長が三味線を弾きながらその場の義太夫《ぎだゆう》を唸《うな》ると、突然、獅子《しし》が現れた。縫いぐるみに入った子方の獅子である。お囃子に合わせて戯《たわむ》れる軽業乱舞をおもしろおかしく見せてから、あッと思う間に武者の背中に跳び移り、二丈もある旗《はた》竿《ざお》のてっぺんまで駈《か》け登った。見物人はどよめき、やんやの喝采だが、勘太は声も出ず手も打てず、息をのんで次の瞬間を待った。女武者の三味線の撥音《ばちおと》がひときわ強く鳴った刹那《せつな》、旗竿の高みの獅子の縫いぐるみがパッと割れて、真赤な牡丹《ぼたん》の花笠《はながさ》をかぶった可憐《かれん》な娘に早替わりして、逆さに釣り下ったのだ。

撓《しな》う旗竿の先端から宙釣りになった少女の、朱の口紅をひいた白塗りの笑顔が勘太にむけられる。血のような目張りを入れたその眼と勘太の眼が合った。勘太よりも二つ三つ幼いと思える、逆さ釣りの娘の、勘太に救いを求めているかのように見開かれた眼。深い悲しみを秘めた笑顔。きらきらと燦《きら》めくその少女の瞳《ひとみ》から、いまにも涙があふれそうだ。

――可哀想《かわいそう》に……。

勘太の眼も潤《うる》んでくる。この娘《こ》は捨て子か、どこからか売られてきた子で、その幼い痩《や》せこけた躰《からだ》に無理矢理に酢を飲まされ骨までやわらかくされて、来る日も来る日もあの女座長から笞《むち》打たれ折檻《せっかん》されて、芸を仕込まれたに違いなかった。

——丁稚のおいらより、よっぽどつらい思いをしてるんだ……。

年端《としは》もいかない娘に早替わりした福松は、逆さ釣りのまま花笠をサッと投げると、頭を激しく振って長い黒髪を逆さに振り乱した。黒髪が別の生きもののようにゆれて舞う。福松十八番《おはこ》の〝髪洗い〟という芸である。またも拍手喝采だが、見物人がまばらなので寂しく、おひねりがいくつか投げられただけである。勘太は胸が苦しくなって声も出ないが、懸命に手を叩《たた》いた。すると、どのように竿のてっぺんから離れたのか、福松が真逆さまに落下した。それも正月のとき勘太は見ていたが、舞台に降り立とうとしてトンボを切った娘が、トンボを切りそこねて転がったのだ。見物人が落胆と非難の声をあげ、勘太は胸の奥がきりきり痛んだ。正月のときは、こんなみじめなしくじりはしなかったのだ。

素早く起きあがった娘は、はにかみとも自嘲《じちょう》ともつかぬ哀れな笑みを口もとに浮かべたが、女座長が激しく打擲《ちょうちゃく》するかのように打ち鳴らす三味線の撥音にあわせて、なおも黒髪を振り乱しつつ舞台せましとのたうちまわった。衣裳《いしょう》の襟が乱れて、痩せた胸と固い乳房の白い肌がのぞく。頼朝の弓矢に射とめられた獅子の断末魔の所作だとわかりながら、勘太は娘がむごたらしくいじめられているように思えて、眼をそらし下を向いて、両のこぶしを握りしめていた。

顔をあげたのは、いったん引っこんだらしい娘が、明るい調子のお囃子に合わせて舞台の裾から仔犬《こいぬ》のように飛び出してきて、お辞儀をしたときだった。

見物人が拍手し、おひねりを投げた。けれども勘太は手を叩いたものの、おひねりを投げる気遣いなどできず、胸の痛むまだ潤む眼で、笑顔をふりまく軽業の娘福松を見つめていた。

二

――もう一度、会えるかな……。

五文で笊蕎麦《ざるそば》を食べ、矢場で十矢六文の楊弓《ようきゅう》をして遊び、懐にはあと七文しかないから、籠細工《かご》、生人形《いき》、手妻などの見世物小屋は外から見ただけで、勘太は午後遅く娘軽業の小屋の前へもどってきた。

両国橋をはさんで西両国と対岸の東両国の盛り場の賑《にぎ》わいはいっこうに衰えないが、陽は西に大きくかたむいて、たった一日しかない藪入りの日暮れが近い。町の方からは「お迎え、お迎え、お迎えーッ」と大声に呼ばわる声がきこえていた。

盂蘭盆には、大川や掘割の水辺に冥土《めいど》からもどってくる霊を迎える精霊棚《しょうりょうだな》が設けられ、茄子《なす》や瓜《うり》や団子などが供えられている。そのお精霊さまの迎え火は十三日の夕方に麻幹《おがら》を焚《た》くが、送り火は十五日の夕方に焚く家もあれば一日名残りを惜んで今日十六日の宵に焚く家もある。焚き終った精霊棚の供物《くもつ》を〝お精霊さん〟といわれる物貰《ものもら》いが、大声で呼ばわりながら貰い歩いているのである。

勘太は、娘軽業小屋の裏手にまわってみた。物蔭《ものかげ》に隠れてしばらく見ていると、裁着袴《たっつけばかま》の若い男とお囃子の三味線弾きの女が出てきて、ひそひそと立話しをしていたが、あの娘は現れなかった。またしばらくして、七つ八つの娘が出てきて、川岸まで行ってしゃがんで小用をたしてから小屋の中へ消えた。お囃子はとっくに鳴りやんでいて、興行は終わっているらしいので、あの娘はもう小屋の中にいないのだろうかと勘太は不安になった。

物蔭を出て、勘太が小屋の裏口から中を覗《のぞ》こうと近づいたとき、突然、飛び出してきた者がいた。突き当たりそうになって、たがいに顔を見合わせた。朝顔の柄の浴衣に着替えているが、白塗りのままの娘軽業師福松だ。

二人の眼が合った。

「一緒に来て!」

娘はいきなりそういうと、勘太の手をとって駈け出した。引きずられるように走りながら勘太が小屋の方を見ようとすると、

「だめ、振り向いちゃ」

娘はきつい声でいい、しばらく走ってから走るのをやめたが、勘太の手首をぎゅっと握ったまま雑沓《ざっとう》にまぎれて両国橋の方へずんずん歩いて行くのだ。

両国橋にかかると、涼しい川風が吹きあげてきたが、お盆の夕陽がまだ橋の上に照りつけていて、まぶしい西陽をあびて行き来する人々が怪訝《けげん》そうに二人を見るので、勘太は渡ってはいけない橋を向う岸へ越えている気がした。いつの間にか娘は手拭《てぬぐい》を頭からかぶって、白塗りの顔をかくしているのだった。そして気がつくと、勘太は娘と手を握りあって、はや足に歩いていた。

時折、どこかでせわしなく鳴る小さな鈴の音がする。勘太はその音に追われている気もした。

橋の東の盛り場も抜け、参詣人《さんけいにん》でにぎわう回向院《えこういん》の境内に入り、人影のない裏手にまわってから、二人はどちらからともなく立ち止まった。

「ありがとう。ここでいいわ。帰って」

と娘がいった。

と勘太を見つめていたが、

「おいらと一緒に逃げよう」

夕陽は沈み、暮色が訪れていた。手拭をとった軽業の娘は、その白塗りの顔でじっと勘太を見つめていたが、

「ありがとう」

と微笑《ほほえ》んで、また手拭をかぶると勘太の手をとって脇《わき》の門から境内を出た。娘は勘太より背が低く小づくりで、手も小さく柔らかだった。二人は追手を気にしてときどき振りむきながら、暮色の漂う深川の町を方角もよくわからずに手をとりあって逃げた。幅十間（約十八メートル）ほどの川まで来て、追ってくる者があるような気がして、橋の下に隠れた。二人は寄りそって息を殺していた。

夕闇《ゆうやみ》の川端のあちこちで和やかな人声がし、火が焚かれていた。送り火を焚いているのだった。その火が川面《かわも》に映り、どこからか子供たちの唄《うた》う声もきこえた。

〽ぼんぼんの十六日に
お閻魔《えんま》さまへ参ろうとしたら
数珠《じゅず》の緒が切れ　鼻緒が切れて

なむしゃか如来《にょらい》 手で拝む
幼いころ勘太も長屋の子供たちと輪になって唄ったものだ。

「あの唄、おいらも唄ったぜ」

と勘太は話しかけた。

「あたいもよ」

と娘が小声で答えた。

「でも、おいら、おとっつぁんとおっかさんの顔は知らねえんだ」

「あたいもよ」

とまた娘がいった。

「やっぱり、お前もか」

「あたい、捨て子だから」

「おいらもだ」

二人は顔を見合わせ、声をたてて笑った。なぜ笑っているのか勘太にはわからなかったが、声をたてているのに気づいて慌《あわ》てて自分の口を掌《てのひら》でふさぐと、娘もふさいだので、それがおかしくて二人は首をちぢめてクスクス笑った。

子供らを叱《しか》る声がして唄声は消え、おとなたちの話し声もとだえて、川端の小さな火もひとつひとつ消えていった。

「行こうか」

勘太が道へ出ようとすると、

「しばらく、ここにいましょう」

と娘はいった。

二人はすっかり暗くなった橋の下の川岸に身を寄せ合ってしゃがんで、橋の上を通る人の足音をきき、川端の道を行き来する人影と提灯《ちょうちん》の灯を見ていた。蚊が飛びまわっていたが、川面を吹く風は涼しく、勘太は闇に眼がなれて、頭の手拭をとってすぐそこにいる娘の白塗りの顔が水明かりでよく見えた。

あの豊かな黒髪を無造作にまとめた髪にかすかに光っているのは、小さな鈴のついたかんざしだった。手をとりあってはや足に歩いているときききこえたのは、その鈴の音だったのだ。

「おいら、勘太っていうんだ。今日のお前の軽業、見せてもらったよ」

と勘太はいった。

「気づいてたわ。お正月の藪入《やぶい》りの日も来てくれたわね」

——覚えていてくれたんだ。

勘太は、夢の中にいるようだった。

「でも、今日はしくじっちゃった。がっかりしたでしょ？」

と娘はいった。

「仕方ないよ。あんな高いところから、逆さのまま飛び下りるんだもの」

「このごろ、よくしくじるの。悲しいわ」

勘太はどのように慰め、力づけていいかわからなかった。

「しくじると、あの女座長からお仕置きされるんかい？」

それには答えず、娘はいった。

「あの人をあたしたち〝おっかさん〟て呼んでるけど、恐《こわ》い女なの。あたいは捨て子だし、ほかの子も人攫《ひとさら》いに攫われて売られてきて、おまんま食べさせてもらって芸を仕込まれたから仕方ないけど……」

「おいらを拾って育ててくれたおじさんは、古傘買いの貧乏人でさ、おいらが五つのときに病いで死んじまった。墓がどこにあるかも知らないから、お盆だって墓参りに行けないし、今日の藪入りだって帰る親元はないのさ。あのおじさんが死んでからはあっちこっち盥回《たらいまわ》しにされて、やっと去年、年季奉公ができたんだ」

「どこに奉公してるの？」

「料理茶屋だよ」

「よかったじゃないの。あたいなんか、もう駄目。しくじってばかりいるから、お払い箱よ。それに齢《とし》だし」

「齢って、いくつなんだよ。おいらよりずっと若いだろうに」

「さあ、どうかしら。躰《からだ》は小さいけど、あたい、もう十五よ。おばあさんだわ」

「……」

「どうせ、どこかへ売られるのよ。わかってるわ」

一座の花形の娘が、そのへんの売女《ばいた》のような蓮《はす》っ葉《ぱ》な笑い方をした。

「よせよ!」

勘太は怒った声を出した。

灯りをつけた小舟が時折、川面を行き来していた。客を乗せて川を遡《さかのぼ》って行く中型の船は、両国河岸《がし》を出て他国へ行く夜船《よぶね》のようだった。

勘太は懐《ふところ》の財布をさぐってみた。さぐらなくても、七文しか残っていないのはわかっていた。銭があれば、夜船でどこか遠くへこの娘と行けるのに、と思った。

――だけど、どこへ行ったらいいのだろう……。

とっさに逃げようといってここまで来てしまったが、いくら奉公がつらくても逃げ出す気はなかったし、この娘となら一緒に逃げたいとは思うものの、どこへ行くという当てもなかった。いっそ芝神明の店へ連れて行こうかと思ったが、丁稚《でっち》の身で店の主人や女将《おかみ》さんや板場の親方へどのように頼んだらいいのだろう。

川上の東の空が明るみ、のっと月が顔を出した。まんまるい大きな月。二人のいる橋の下まで月の光が射《さ》し込み、きらきらと燦《きら》めく川面の水の匂《にお》いが、この娘への切ない想《おも》いのように胸の奥へしみ入ってきた。

――月の光のこの水の匂いに、この娘といつまでもつつまれていたい……。

身を寄せあっている娘の肌の匂いもわずかにした。

「どうしたの、黙っちゃって?」

娘が齢上の女の気づかいをしめして、勘太の顔を間近にのぞきこみながらやさしく訊《たず》ね、甘え声になってせがんだ。

「何かおもしろい話をしてちょうだいよ」

三

「おいら、お店の板場じゃまだ洗い方で、兄弟子から追いまわされてさ、〝追いまわし〃なんて呼ばれてるけど、こんな唄があるんだぜ。
〜粋《いき》な板元《いたもと》　小粋な煮方
　色で苦労する焼き方さん
　女中泣かせの洗い方
　なぜか追いまわしはドジばかり」
勘太は、おもしろおかしい節まわしで口ずさんでみせて、話しついだ。
「料理人の修業は、洗い方にはじまって煮方、焼き方、板元と出世していくんだけど、洗い方にも下洗い、中洗い、立ち洗いの順序があって、奉公したてのころは井戸の水汲《く》みがほとんどの下洗いさ。冬のさなかだって小さな躰で来る日も来る日も車井戸の水を汲むから、縄をたぐる掌の皮がむけて、はだしだから足も霜やけやあかぎれが痛くて泣き面《つら》してると、『馬鹿《ばか》野郎。アヒルのくせして水が冷てえだなんてぬかしやがって！』だなんて怒鳴られて横っ面を張られるんだ。だけどおいら、この春から中洗いに出世したから、板場の隅で大根や人参《にんじん》を洗えるようになったんだ」
「次は煮方さんに出世するのね」
「それはずっと先さ。洗い方を五年やってから、こんどは煮方、焼き方の脇について竈《かまど》に薪《まき》をくべて火加減を見る脇鍋《わきなべ》を三年はやらなきゃならないんだ。火加減を見ながら煮方、焼き方の手元を見られるから、煮物、焼き物の修業ができるんだよ。この脇鍋を無事につとめおえて煮方、焼き方に出世したとき、ようやく八年の年季が明けるんだ。おいら、二十歳《はたち》になってらあ」

「大変なのね、あんたたちの修業も」

「大変だけど、おいら、板元になる夢があるから平気さ。板元になると、その店の料理の献立から使う器《うつわ》の吟味まで一切をまかされるんだぜ」

「勘太、さんっていったわね。勘太さんが板元になったら、どんな献立を立てるの？」

娘が身を乗り出してきたので、かんざしの鈴がすぐそばで鳴り、髪の匂いがし、朝顔の柄の浴衣《ゆかた》のはだけた襟元から月光の射しこむ白い肌がちらと見えた。

「おいら、いまだって勉強のために献立を立ててみるさ」

勘太はちょっと怒ったようにいった。

「あら、それはお見それしました」

娘は年増女《としまおんな》のようにいい、

「あたい、お腹《なか》すいちゃったわ」

とすましたいい方をした。

「へい、かしこまりやした。今夜は、江戸の娘軽業師福松姐《ねえ》さんのために、板元のあっしが腕によりをかけて献立を立て、馳走《ちそう》させていただきましょう」

勘太は店の板元の声音をまねてそういって、座りなおした。

「まあ、うれしいわ。板元の勘太さんが献立を立ててくれるのね。ご馳走になるわ」

娘も居ずまいを正した。

「まだ残暑がきびしいから、涼しい料理がいいね。利休さんも『夏はいかにも涼しきよう』っていってるからね」

「リキュウさんって……？」

「太閤《たいこう》さんのお茶の師匠だった人」

「勘太さんて、そんなことまで知ってるの？」

「まあね」

板元の言葉を小耳にはさんでいただけだが、勘太は得意になってつづけた。

「涼しい料理だけど、まず向付けに〝茄子《なす》の丸煮冷し、おろし生姜《しょうが》添え〟はどうかな。〝秋茄子は嫁に食わすな〟って、いまがいちばんうまいだろう。その秋茄子を軸に切らずに縦に包丁目を入れて〝茶せん茄子〟にして、昆布を敷いた鍋に並べ、干しエビを少し入れて落し蓋《ぶた》で煮込むんだ。醬油《しょうゆ》だけで薄味をつけて柔かく煮えたら、そのまんま赤ん坊を寝かすみたいに一晩寝かせるのさ」

「赤ちゃんを寝かせるみたいに？」

「そうだよ。そうすると、味がしみ込むだけじゃなくて、茄子の色が冴《さ》えるっていうか、粋な色になるんだぜ」

「まあ、そうなの」

「その茄子の両端を切り放して、二つの輪切りにして器に並べ、切り口の真中におろし生姜をそえて出すんだ。器は色の少ないものがいいね。おいらなら涼しそうにギヤマンに盛るよ」

作り方は板元や煮方の手元を見て盗み、話を聞いただけだが、勘太はギヤマンの器に入れたつもりのその茄子の料理を、娘の膝《ひざ》前へ差し出すしぐさをした。

「とてもおいしそう。茄子がほんとに粋な色ね」

と娘がのぞき込んでいう。

「黄色いおろし生姜が上に乗ってるから、きれいだろう？」

「ええ、とってもきれい！」

娘は箸《はし》でつまむしぐさをし、口に入れて食べるしぐさをした。

「おいしいわ。こんなおいしいお茄子、はじめてよ」

「福松姐さんは、ご酒を召し上がるかい？」

「ええ、いただくわ」

「では、どうぞ」

勘太は徳利と猪口《ちょこ》をそこへ置くまねをし、娘に酌をしてやった。猪口のお酒を飲みほすしぐさをした娘が、舌つづみを打って微笑《ほほえ》む。

——いつだったろう、こんなままごと遊びをしたのは……。

軽業の娘もいつかしたにちがいなかった。

「姐さん、おいらも一杯もらおうか」

勘太はおとなびたしぐさで盃《さかずき》をうけてから、

「さて、刺身は江戸前の小鯵《こあじ》の叩《たた》きはどうかな。鯵はいまが旬《しゅん》だからね」

と一人前の板元のつもりで、その料理を作りはじめた。

「ほら、こうして鯵を三枚に下ろしてから、俎板《まないた》の上で叩き切るんだ。親方から頂戴《ちょうだい》した重信《しげのぶ》の包丁を使ってね。切れ味がちがうだけじゃなく、味よく切れるんだぜ。切り終ったら、おろし生姜とまぜて、刻み紫蘇《じそ》をそえて皿に盛るんだ。杉盛がいいな」

「杉盛って……？」

「盛方にもいろいろあってさ、杉盛っていうのは、深い器なら杉の梢《こずえ》が見えるように、浅い器なら富士の頂が雲の上にのぞく姿に盛るんだよ。それも季節に応じて器を選び、夏は涼しげに背を高く、冬はおだやかに低く盛るんだ」

「勘太さんって、まだ丁稚なのに何でもよく知ってるのね」

「聞きかじりだよ。親方は何も教えてくれないから、親方や兄弟子の手元を見たり話を盗み聞きして技を盗むんだ」

「あたいたちの軽業もおんなじよ」

「さあ、鰺の叩きできやした。召し上っておくんなさい」

「板元さんじきじきで、恐れ入ります」

福松はどこか大店のご新造さん気取りで挨拶《あいさつ》し、すまし顔で食べはじめる。

「次は焼き物だけど、これも江戸前の〝魳《かます》の一塩酒焼き〟がいいな。そして、煮物は、そうだなあ、名残りの夏で〝冬瓜《とうがん》の柔か煮〟。揚げ物は〝沙魚《はぜ》のてんぷら〟。そして、お汁は……」

「そんなに食べられないわよ」

「食べておくれよ、いま作るから」

月が対岸の空へ高く昇り、橋の下に射し込んでいた月の光が移って、水面にまるい月が映っていた。水辺の草むらから虫の声がし、娘が身動きするたびにかんざしの小さな鈴が鳴り、その娘のいる水の匂いにつつまれて勘太は、いつかどこかでこうした水辺にいた気がして、料理をつくるしぐさの手を止めた。

――おっかさん……。

胸の奥でふいにそう呼びかけている自分がいた。母の面影を思い浮かべることはできないが、自分は月の光の射すこうした川の岸辺へ母に捨てられたのではなかったかと思った。

すぐそこの橋の下の薄暗がりに、母が座っているようだった。

「ご馳走さま。とってもおいしかったわ。お腹いっぱいよ」

眼の前の娘がいい、勘太の肩に手をおいた。

「勘太さん、あんた、お店に帰った方がいいわ」

「お前こそ、帰れよ」

と勘太はいいかえした。

いま急いでもどれば、この娘の白い肌にあたえられるあの女座長の酷《ひど》いお仕置の笞《むち》の数が少なくてすむのではないかと、勘太は自分が笞打たれる痛みを感じながら思った。そして、自分もこんな夜更《ふ》けにもどれば、板元の親方から横っ面を張られて叱《しか》られるのを覚悟したが、いまそのことは考えたくなかった。

「あたい、ご馳走でおなかがいっぱいになったから、眠くなっちゃった」

と娘はおちゃらけていった。

「おいらもだよ」

と勘太もいった。

二人は手をとりあって橋の下の草むらに横になった。虫の音のすだく月の光の水の匂いにつつまれて勘太は眠りに誘われながら、すぐ隣に眠る軽業の娘が実の母を呼ぶつぶやく声を夢うつつにきいた。

やがて勘太は、どこか見知らぬ川辺の小径《こみち》を、福松に似た年若い母に手をとられて歩いていた。夕陽の沈むかなたの空が血を流したように赫《あか》い。おいらを捨てたおとっつぁんはどこへ行っちまったんだろう。きっと家で待っていてくれるんだ。そう思うと、母の手を引いて急ぎ足になった。いつの間にかとっぷりと日が暮れて、闇《やみ》の向うで小さく鳴る鈴の音がし、手を握り合っていた母の掌《てのひら》のぬくもりだけが残った。……そうだ、おいら、あの軽業師の娘と手をとり合っているんだ……。

夢が薄れ、勘太は川べりの橋の下で眼覚めた。夜がしらしらと明けるところで、隣に娘の姿はなかった。

「……福松……」

呼びかけた勘太の掌《て》にかんざしが握らされていた。顔に近づけようとすると、ついている鈴が、しまい忘れた風鈴のように小さく鳴った。

永代橋春景色

一

まぶしすぎる陽ざしに眼をそむけようとしたとき、神保又七郎は人込みにその男の子を見かけておやと思った。

——迷子か……。

五つ六つと思える幼な子である。

初詣《はつもう》でで賑《にぎ》わう深川富岡八幡宮《とみがおかはちまんぐう》の二ノ鳥居わきに立っていて、背伸びをしながら、不安そうにあたりを見まわしている。いまにも泣き出しそうだ。髪を脳天で結び、ぐるりに剃《そ》りをいれた芥子坊主《けしぼうず》の幼な髪に、粗末な木綿の筒袖《つつそで》をすそみじかに着せられ、素足に古びた草履《ぞうり》をはかされている。利発そうな目鼻立ちだが、痩《や》せて顔色が悪く、髪だけは正月らしくきれいにしてもらっているのに、寒々とした身なりなのは、貧しい家の子なのだろう。初詣でに来て、両親兄弟とはぐれたのだろうか。

気になって近づきかけたが、混雑にまぎれて見えなくなった。ちょうど参詣人《さんけいにん》の船が鳥居前の船着場に着いたところで、降りる客と乗りこむ客でごったがえした。船を利用した参詣人は隅田川から大島川に入り、八幡宮前の船着場に上がり、帰りも利用する者が多い。男の子の姿が見えなくなったのは、その人群れの中に家の者をみつけたのだろう。

——それなら、よいわ。

又七郎はひとり合点して、鳥居をくぐった。色とりどりの幟《のぼり》を立てた屋台もずらりと出て賑わう三元日の境内を、本殿にむかう。

午《ひる》を過ぎた時刻で、初春《はつはる》の陽ざしは又七郎の身にまぶし過ぎ、江戸湊《みなと》からの海風はまだ冷く、痰《たん》のからんだ咳《せき》が出た。独り者の彼は年の瀬にひいた風邪が治らず、大《おお》晦日《みそか》には高熱が出て、賭場《とば》での用心棒稼業《かぎょう》を休み、元日、二日と寝正月をきめこんで、万年床の垢《あか》じみた掻巻《かいまき》にもぐりこんでいた。今朝やっと熱がひき咳もほぼおさまったので、無精髭《ひげ》のまま、着古した袷《あわせ》に大小を腰にして初詣でに来たのである。

晴れやかに着飾った人々の中で、この男が陰険な翳《かげ》をまとって見えるのは、身なりのせいばかりではなかった。額はひろく鼻梁《びりょう》は秀《ひい》でて色白だが、眼窩《がんか》は凹み、頰の肉が殺《そ》げ落ち、薄ら笑いを浮かべているような歪《ゆが》んだ口元に、刀傷とわかる傷跡が頰から顎《あご》にかけて深く刻まれている。そして、両の眼と血色の悪い皮膚を、長い歳月、自堕落な暮らしを送った者の一種荒廃のいろが覆《おお》っている。

——ふん、ついに四十二か。

呟が出たついでに、暗い心の中で吐き捨てた。齢《とし》ばかり重ねてしまったのみか、男の厄年《やくどし》。前厄であった去年もろくなことはなかったが、今年は本厄である。年末から正月にかけて風邪をひいたのは、厄病神《やくびょうがみ》がとりついているからだろう。

本殿にすすみ、鰐口《わにぐち》を鳴らし拍手を打って、本年の厄落しを祈願する。それもどうでもよいと、荒《すさ》んだ気持の片隅でうそぶく自分がいる。武芸上達を祈念し、この江戸での仕官を切望し、国許《くにもと》でひそかに惚《ほ》れた武家娘と江戸での暮らしを夢みたのは、遠い昔の他人事《ひとごと》になってしまった。

下野国《しもつけのくに》の大田原藩で、無双流玉置道場の麒麟児《きりんじ》といわれた又七郎。しかし、微禄《びろく》な家柄の末子《ばっし》では、小藩の国許にあっては何の望みもなく、剣で身を立てようと出奔同様に江戸に出た。以来二十年もが経《た》つ。堕《お》ちるところまで堕ちたと、自嘲《じちょう》の日々がつづいているのだ。

さして期待もなく、おみくじを引いてみた。「大吉」と出た。意外である。騙《だま》されたようだ。去年も一昨年も「凶」だった。

版木で刷られた漢詩はこう読めた。

臘木将《ろうぼくまさ》に春到《はるいた》らんとす
芳菲《ほうひ》喜び再び新たなり
鯤鯨《こんげい》巨浪《きょろう》を興《おこ》し
釣《つ》り上ぐれば禄真《ろくしん》を為《な》す

冬枯れの木に春が来て、咲き匂《にお》う花のよろこびは新たである。大魚が巨浪《おおなみ》をおこし、釣りあげれば人も立身の秋来《ときき》たる——。

又七郎の口辺にかすかな笑みが浮かぶ。

——今年こそは出直せるか。

いや、左様にはうまくいくまいと苦笑しつつも、悪い気分ではなかった。八幡宮を出ると足を伸ばして洲崎《すさき》弁天にも詣で、洲崎の浜に立って、海風に吹かれながら江戸湾を眺めた。また咳が出たが、強い潮の香に身内の澱《おり》が浄《きよ》められるようである。

浜の掛茶屋でどぶろくをすすり、懐手《ふところで》のほろ酔い気分で永代橋の東詰までもどって来たときは、陽はかなり西に傾き、江戸湾のはるか彼方《かなた》に小さくそびえる白雪の富岳の南の空で茜色《あかねいろ》に輝いていた。

その夕陽をあびて、橋のたもとに女が佇《たたず》んで大川の河口を眺めている。

——おや、あの女だ……。

たしか、おせいといった。富岡八幡宮の一ノ鳥居に近い門前仲町の裏手にある小料理屋「瓢《ひさご》」の女中で、二、三度、酌をさせたことがある。

面長の少し受け口の寂しげな顔立ちで、酌をするとき白く肉付きのいい腕があらわになり、着物にかくれた胸や肩もぽってりとした白い肌だと想像できたが、三十に近い年増《としま》で、身持ちは固いと評判の女だった。

そのおせいが片手を橋の欄干にあずけ、夕方の海風に鬢《びん》をほつれさせながら、じっと河口に眼をやっている。その視線の先に、石川島と佃島《つくだじま》が大川の河口の江戸湊に寄りそうように浮かんでいる。手前が人足寄場のある石川島、その向うが舫《もや》ってある漁船の帆柱と住吉神社の赤い鳥居が小さく見える佃島である。

——この前も、ここに佇んでいるのを見かけたことがあるが……。

話しかけようと近づきかけたとき、ふいに袖を強く引っぱられ、間近に呼びかける子供の声がした。

「父上！」

振りむくと、又七郎の袖をつかんで男の子がすぐ眼の前に立っていた。さっき、一ノ鳥居のところで見かけたあの幼な子ではないか。

「……父上……」

又七郎の顔をじっと見上げて、芥子坊主頭の男の子が今度は落胆したように小さくつぶやいたのは、人違いと気づいたからだろう。ぎゅっと袖をつかんだまま、見開かれた気丈そうな眼がみるみる涙で潤《うる》んでくる。

「どうした、坊主。おれはお前の父親《てておや》ではないぞ。人違い致すな」

男の子の小さな手を振りはらってそういったが、不憫《ふびん》さ半分、迷惑さ半分で困惑をかくしきれず、かえって荒い言葉が出た。

「寄るな、向うへ行け！」

「……」

又七郎の剣幕に愕《おどろ》いて後ずさった幼な子は、見開いた眼に涙をためたまま泣くまいと歯を食いしばって、又七郎を睨《にら》んでいる。

「あっちへ行け、失《う》せろ！」

纏《まと》わりついてくるなまあたたかい肉の塊りをもぎはなすようになおも怒鳴りつけ、きびすを返した。すると、子供はすがりついてきた。

「うるさいガキだ！」

そういった拍子に、思わず突き飛ばしてしまった。仰向《あおむ》けに倒れて尻《しり》もちをついた子供は、何が起こったのかわからないといった不審の表情で、泣きもせずに見上げている。又七郎が舌打ちしたとき、駈《か》け寄る下駄《げた》の音と女の声がした。

「どうしたんです？」

かたわらに、おせいが立っていた。

おせいは又七郎と眼があうと、顔見知りの客だと気づいたようだが、なじる眼差《まなざ》しになって、急いで男の子を抱きおこした。

「まあ、可哀想《かわいそう》に……」

「纏わりつかれて困惑しておる」

「……」

「迷子らしい。先刻、富岡八幡宮でちらと見かけたのだが、どうやら俺を父親と見間違えて追って来たようだ」

「親御さんとはぐれたのかしら……」

男の子の前にしゃがんだおせいは、小さな肩に手をおいて顔をのぞきこみながら話しかけた。

「坊や、おとっつぁんと一緒だったの？」

「……」

「どこから来たんだい？」

「……」

「名前は？」

「新之助《しんのすけ》」

それだけ答えると、強情な童《わらべ》らしく口を引き結んで、また睨むような上眼遣いで又七郎を見上げている。

「坊やのおとっつぁんは、この人みたいなお侍さんかい？」

おせいが訊《たず》ねると、新之助と名のった子供は、

「そうだよ」

と怒ったように答えた。だが父親の名前をおせいに聞かれると、また口を引き結んでしまったのは、幼くて父の姓名がいえないのか、それとも、いいたくない事情があるからだろうか。齢は七歳になったとすぐに答えたが、住まいを訊ねると、黙って永代橋の対岸を指さしたまま、片方の拳《こぶし》を頬におしつけて涙をぬぐった。

永代橋の西岸には日本橋川が大川に流れこみ、上流に日本橋、神田、北には浅草、下谷といった江戸の町々がひろがり、日本橋川の南は八丁堀、鉄砲州、築地《つきじ》の武家屋敷と町家で、彼方に見える千代田城の周囲には諸大名の上屋敷が建ち並んでいる。こ

の男の子は、その身なりから見て、大川西岸のどこか武家屋敷の長屋に住まう下級武士か又七郎のような裏店《うらだな》住まいの浪人者の父に連れられて、永代橋を渡って深川へ初詣でに来たようだが、父親の姓名も住まいもいわなくては、捜しようがなかった。

「あたしが、自身番に連れてきますよ」

おせいが男の子の手をとっていった。

「それは助かる」

橋の東詰の南は、建ち並ぶ御舟蔵と相川町の町家、北は佐賀町で、近くに佐賀町の自身番の小屋がある。その先の堀川町の裏店にもどる又七郎は、これから店に出るらしいおせいが手をひく新之助と、三人連れだって大川端を並んで歩いた。通りかかった破魔矢をもった初詣で帰りの夫婦者が笑顔で振りかえったのは、三人を親子連れと見たからだろう。

暗い胸のうちにめずらしく小さな灯がともったような気分に又七郎はなって、自身番の前まで来ると、

「すまぬな。よしなに頼む」

とおせいに頼み、男の子の芥子坊主頭に掌《て》をおいて、

「坊主、無事に家へ帰るんだぞ」

自分でも愕いたほどやさしく声をかけて、二人と別れた。

堀川町の裏店にもどり、棟割り長屋の二間きりしかない部屋の古畳に仰向けに寝て、いま別れた男の子と「大吉」と出たおみくじの漢詩を思い返しているうちにしばしうたた寝した。ふと目覚めて、井戸端に行こうと土間におりて破れ障子を開けると、すぐ前のかなり暗くなった路地のドブ板のところに、小さな影がうずくまっていた。よく見ると、先刻の男の子だ。

「何だ、おまえ……」

自身番から逃げ出して後を追って来て、先刻からそこにしゃがみこんでいたのだろうか。

立ちあがって哀れっぽく見あげる子供を、又七郎は怒鳴りつけた。

「しつこいガキだ。さっさと家へ帰れ！」

すると、芥子坊主頭の新之助が、その頭をぴょこんとさげていった。

「おじさん、おいらをここに置いておくれよ」

二

住みなれてしまった長屋の煤《すす》けた破れ障子に、灯りがともっている。もう長いこと寒々と暗闇《くらやみ》だったそこに、あたたかな火影《ほかげ》がゆれている。

――もどって来たのか、おしまが……。

とうに諦《あきら》め、記憶の外に追いやって久しいのに、又七郎は障子の内の古畳の行灯《あんどん》のそばで針仕事をしている女の姿が、一瞬だが脳裡《のうり》をよぎった。

ここで共に暮らしたのは、一年たらずのわずかな間だったが、小名木《おなぎ》川べり五本松近くの飲み屋に勤めていたおしまとは、郷里が近いせいもあってたがいの気持をいたわりあえた。

「ねえ、あんた、あたしを捨てたら嫌だべさ」

はじめて身をまかせたとき、語尾が郷里の言葉と抑揚になって、二十《はたち》の半ばになっていたおしまが甘える小娘のようにささやいたのだった。生まれ在所が又七郎と同じ下野国で、時期こそちがえ江戸に出るとき、奥州街道の河岸《かし》から鬼怒《きぬ》川を船で下り、利根川の関宿《せきやど》からは夜船《よぶね》に乗りかえて江戸川の行徳《ぎょうとく》に出て小名木川を通り、隅田川の両国河岸へ二昼夜かけて着いたのも同じだった。

八歳で子守奉公に江戸へ売られた水呑《みずのみ》百姓の子のおしまは、辛抱して年季が明けてから商家の女中をした後、飲み屋で働くようになっていた。齢よりもずっと若く見える下眼《しもぶく》れした愛敬《あいきょう》のある顔立ちで、面白いことをいってよく笑い、辛《つら》かった生い立ちを感じさせない陽なたのような気性だった。又七郎が江戸に出て共に暮らすことを夢みた国許の武家娘とは器量も性格もちがったが、それがかえって、又七郎の心をなごませてくれた。そのころ、すでに三十の声をきき、江戸の数ある道場では又七郎程度の剣技の侍など掃いて捨てるほどいるのだとうに思い知って、小さな町道場の師範代で糊口《ここう》を凌《しの》いで自暴自棄になっていた又七郎は、おしまと出会って、いまからでも前途がひらけそうな気がしたのだった。

「……おしま」

思わず胸の内で捨てた女の名を呼んでしまった又七郎は、その自分に舌打ちして、腐れかけたドブ板を踏んでわが家の破れ障子を開け、土間の竈《へっつい》の前にしゃがんで釜《かま》の湯をわかしている新之助を見た。出て行ったかと期待していたのに、薪《まき》の焔《ほのお》に火照《ほて》った顔を上げた七歳の子は、にこりとしていった。

「お帰りなさい、おじさん」

「……………」

舌打ちして部屋に上がってから又七郎は、振りむきもせずに、

「まだ、いたのか」

と不機嫌に声をかけた。だが、追い出す気は失せていた。すでに三日、ここにおいているのである。

最初の日の夕方、長屋の木戸口まで猫の子でも捨てるようにえり首をつかんで連れて行き、自身番へもどれと怒鳴りつけて部屋にもどった。そして、酒をくらって寝てしまったのだが、夜半に厠《かわや》に起きると、厠の脇《わき》のゴミ溜《ため》の板囲いのところに新之助がうずくまっていた。初春とはいえ凍《い》てつく寒さの真夜中、蒼白《あおじろ》い月の光に照らされて、七歳になったばかりの子が腹をすかして着のみ着のまま、両腕で小さな躰《からだ》を抱きしめながら眼をつむって震えていた。抱き寄せると、着物と手足は冷えきっているのに痩《や》せた躰の芯に火照りが感じられ、額に手をあててみると火のように熱い。

放っておくわけにもいかず、抱いて家にもどり、湯を飲ませ、自分の掻巻《かいまき》にくるんで寝かせ、濡《ぬ》れ手拭《てぬぐい》で額を冷やしてやった。充血した眼をあけた新之助が、

「ありがとうございます」

とおとなびた言葉遣いでいった。

「馬鹿《ばか》。礼などどうでもいい」

「でも、おじさん……」

「黙って眠れ。小賢《こざか》しいガキだ」

高熱にうるむ眼の、利発そうなその顔立ちが、小生意気にも小憎しくも見えて、新年のおみくじでせっかく「大吉」が出たのに、やはり「本厄」の厄病神に転がりこまれたのだと腹立しかった。けれども、枕元《まくらもと》に置いた手桶《ておけ》の水で濡れ手拭をいくどもとりかえてやり、同じ掻巻にくるまって抱き寄せるようにして眼をつむったのは、明け方近かった。すると、すぐ耳のわきで、熱にうなされてつぶやく声がききとれた。

「……母上……母上……」

遠い記憶の自分の声を聴くようだった。どのような母なのであろう。この子が母を恋いしがっている以上に、母は帰らぬわが子を眠れずに案じているはずである。幼いうちに母をなくしておぼろな記憶しかない又七郎は、その母の面影と自分の幼かったころを思い浮かべているうちに、眠りに落ちていた。

夜が明けて、少し熱が下ったらしくすやすやと眠る新之助のえり首や腕の汗を拭ってやった又七郎は、細い二の腕や痩せて尖《とが》った肩に、青痣《あおあざ》とみみず脹《ば》れの傷があるのに気づいた。射《さ》しこむ朝の光をうけて、むごたらしい痕《あと》をとどめている。

——折檻《せっかん》の疵《きず》か……。

とすれば、どのような父と母なのであろう。

その日、又七郎は粥《かゆ》を炊《た》き、熱が下がりきらずにぐったりしている新之助に食べさせてやり、隣家のかみさんに頼んで、午後から木場《きば》茂森《しげもり》町の賭場《とば》に顔を出した。

仙台堀に沿って四半刻《とき》（三十分）ほど歩き、要橋《かなめ》を渡って、おびただしい丸太が水に浮かぶ貯木場のわきを通って小橋を渡ると、材木置場にひと眼でならず者とわかる暗く光る眼つきの着流し雪駄《せった》ばきの小男が、貧乏ゆすりをしながら材木にもたれて立っていた。

「おや、先生。明けましておめでとうござんす」

又七郎に気づくと、丁寧に頭を下げて愛想笑いをした。松吉という子分で、貸金の取立てに容赦のない、鎌鼬《かまいたち》の異名のある男である。

木場の重蔵《しげぞう》親分が賭場として使っているのはしもた屋だが、中に入ると、雨戸をしめきった十二畳ほどの座敷に百目蠟燭《ろうそく》が油煙をあげて灯り、盆茣蓙《ぼんござ》を十四、五人の身なりのいい男たちがかこんで丁半賭博《ちょうはんとばく》がはじまっていた。

親分の重蔵は奥の部屋の長火鉢の前にいて、お紺という女に酌をさせて盃《さかずき》をなめていた。大博打《おおばくち》になると親分自身が盆茣蓙の中央の席に坐《すわ》るが、ふだんは客にあいさつだけして、座を中盆《なかぼん》にまかせるのである。

又七郎は重蔵の前に行き、大晦日《おおみそか》に来られなかったわけをいい、新年のあいさつをしたが、新之助のことは話さなかった。

「鬼の霍乱《かくらん》ですか。無理をしなさんな、先生。今日は正月の祝儀《しゅうぎ》の賭場だ。一杯やったら、早めにお引とり下すって結構でげす」

重蔵は鷹揚《おうよう》にいい、酒をついでくれた。

盆茣蓙では、勝負をしきる中盆の三次が威勢のいい声をかけていた。

「さあ、張ったり、張ったり。張って下せえ。丁方、もう少々。ないか、ないか。はい、あと五両」

三次の向い側に、三紋龍《りゅう》の刺青《いれずみ》が自慢の双肌脱《もろはだぬ》ぎで坐っている壺振《つぼふ》りの庄助《しょうすけ》が、鮮やかに賽《さい》を鳴らして伏せた壺をそのままに、丁半に分れて居並ぶ客を等分に見ている。

「勝負！」

と三次が通し声をかけた。庄助が壺をあげる。賽の目は二―三の半。どよめきで部屋の空気がゆれ、百目蠟燭が油煙を噴いた。

今日の客は木場の旦那《だんな》衆の常連ばかりで、適当に儲《もう》けさせる祝儀の場だから、悶着《もんちゃく》はおこりそうにない。半刻（一時間）ほどして重蔵がお紺をつれて上機嫌に引き上げ、又七郎もしばらくいて賭場をあとにした。

帰途、門前仲町の「瓢《ひさご》」に寄ったのは、おせいに会って転がりこまれた子供のことを話して相談がてら少時飲むつもりだったからである。座敷には上らず、板敷に坐った又七郎に気づいたおせいがかたわらに来て、酌をしてくれた。

「ゆっくりはできぬのだ。実はあのガキが――」

又七郎が手短に話すと、

「あたしは自身番の番太さんに頼んであの子を置いてきたんですよ。どうして先生のところへ……」

おせいは又七郎が木場の重蔵一家の用心棒をしているのを承知しているらしく又七郎を「先生」と呼び、そんな侍のところにいる新之助を哀れんでか、眉根《まゆね》に皺《しわ》を寄せて溜息をついた。

「あんなガキは人攫《ひとさら》いにくれてやりゃあいい。まったく、世話のやけるガキだ」

又七郎が吐き捨てるようにいうと、

「今夜は行けそうにないけど、明日にも、あたし、寄らせてもらいますよ」

とおせいはいった。

又七郎は裏店の場所を告げ、銚子《ちょうし》二本で切り上げて帰った。熱の下がった新之助と同じ夜着にくるまって寝て、今朝を迎えたのだった。

まだ暗いうちに起きた新之助は、飯を炊き、味噌汁《みそしる》までつくった。

「ガキのくせに、余計なことをするな」

遅く起きた又七郎は不機嫌にいったが、二人でとる朝飯はまるで父子のようで、悪い気分ではなかった。しかし、気ままな独り暮らしに馴《な》れた身には、子供が眼ざわりでわずらわしく、今日は用事もないのに外出した。両国橋を渡り、浅草寺《せんそうじ》、上野寛永寺、そして神田明神と、柄にもなく新年の寺社めぐりをして、神田明神前の店でひっかけた一杯機嫌で新之助のことは忘れ、日暮れ時に永代橋を渡ってもどって来たとき、今日はおせいが来てくれたかと思い出したものの、それもわずらわしいことに思えて裏店へ帰って来たのである。

灯っている明かりを見て、捨てた女おしまの姿が十年も前の深い闇からふと浮かびあがってきたのは、ほろ酔いのやるせない気分のせいかもしれなかった。竈《かまど》の前にしゃがんでいた新之助を見たとたん、その酔いも一気にさめたのだった。

「昼間、あのおばさんが来たよ」

と新之助はいった。おせいが来てくれたのだ。

新之助は又七郎の箱膳《はこぜん》に茶碗《ちゃわん》と箸《はし》を並べ、自分の前に昨日から使っている自分の欠け茶碗と箸をおき、又七郎が坐ると、小鉢に入った昆布とあぶらげの煮付を出してきた。

「あのおばさんが持って来てくれたんだ。それから、洗濯もしてくれたよ」

「余計な真似《まね》をする」

と又七郎はまたもいったが、おせいが来てくれて少し肩の荷が軽くなった気がした。

二人は今朝新之助が炊いた冷飯《ひやめし》を湯漬けにして、昆布とあぶらげのおかずで黙って食べた。食べ終わると、新之助が茶碗に湯をついでくれながらいった。

「おいしかったね、おじさん。あしたは、おいらが金平牛蒡《きんぴらごぼう》をつくるよ」

「おまえがか」

年端《としは》もゆかぬ侍の子が、飯を炊いたり夕餉《ゆうげ》の菜をつくるというのは、どのような家に育ったのだろう。

「母はつくらぬのか」

そう訊《たず》ねると、新之助は下をむいて黙ってしまった。

「父は何をしておる？ いずれの家中の者だ？ それとも、俺のような浪人者か」

「……」

「父の名を隠さずに申せ」

いかに訊ねても貝のように口をとざしている。いえないのではなく、やはりいいたくないのだろう。言葉遣いや立居振舞から、新之助が侍の子でありながら裏店の町人のガキどもと遊んでいるらしいことは想像がつく。しかし、両親のもとに帰ろうともしないのは、どのような暮らしをしていたのか。

「いいたくないなら、もう訊ねぬ。飯を食い終わったら、さっさと寝ろ」

夕餉の後片づけをしようとする新之助にそういうと、新之助は枕屏風《まくらびょうぶ》のかげから又七郎の夜具を引きずり出し、「おやすみなさい」と頭をさげてから、搔巻にくるまって眼をつむった。又七郎が貧乏徳利を引きよせて飲みはじめると、もうすやすやと寝息をたてている。行灯《あんどん》のほの明かりに浮かぶその無邪気な寝顔と、搔巻から出た細い首と腕にある痛々しい疵を眼にしながら、又七郎は思った。

――この子は、継母《ままはは》に邪魔にされて、捨てられたのではないのか。それとも、父が実の父ではなく、その侍の義父にあの富岡八幡宮の初詣《はつもう》での雑踏のなかへ、置きざりにされたのか……。

初詣での人波にまぎれて立ち去ってゆく、自分とほぼ同年配の痩せて貧相な浪人者の後姿が、見える気がした。

三

「どこへ行くの？」

行灯の火明かりで針仕事をしていたおしまが、顔を上げて訊ねた。いつもの陽気な声ではなく、翳《かげ》のある少しかすれ声。おしま自身おさえきれないといった不安がこもっている。

「なに、すぐにもどる」

「……」

「木戸が閉《し》まるまでには必ずもどる。案ずるな、おしま」

又七郎は大刀を右手にさげて土間の草履をはきながら、笑顔をつくろっていった。

二人で夕餉をすまして間もない時刻、町木戸が閉まる四ツ（午後十時頃）までにはもどろうと決めていた。それでも先方に二刻《ふたとき》（四時間）ちかくいられる。

「行かないで！」

おしまが叫ぶようにいった。

「行っちゃいや」

「今夜だけだ。おまえにいい思いをさせてやる。俺自身が道場をもって、おまえと祝《しゅう》言《げん》をあげて、もっとましなところに住もう。贅沢《ぜいたく》をさせてやるぞ」

「あたしはいいの、いまの暮らしで。もったいないと思ってるの」

「おまえらしいな。だから不憫《ふびん》なんだ。俺にまかせておけ」

「だめ、行かないで。今夜行ったら、あんた、後戻りできなくなるよ」

おしまの眼が潤《うる》んでいる。

「何をいう。これっきりだ。約束する」

——後戻りできなくなる。

その言葉に、臓腑《はらわた》をつかまれて引きもどされるように感じたが、針仕事をやめてすがりついてきたおしまの手をもぎはなして、あの夜、又七郎は長屋を出たのだった。

あとで思えば、おしまがいった通り、後戻りできなくなった。いや、ずるずると堕《お》ちて行ったのだ。

賭場に出入りするようになったのは、おしまと出会う前で、道場の門弟の一人に誘われたのが最初だったが、師範代とは名ばかりのはやらぬ町道場にいて、三十路《みそじ》を迎えた自分にもままならぬ世間にもすっかり嫌気がさして、博打《ばくち》に慰めを見出《みいだ》した。賽の目勝負には、浮世を忘れさせる不思議な力があった。

しかし、おしまと出会って、こんな純な女もいたのだ、この同郷の女となら出直せる、そのほのかな明かりが胸のうちにともって、博打から遠ざかったのだが、久しぶりにのぞいた賭場で少しばかり儲かったのがよくなかった。大儲けをしておしまをよろこばしてやろう、大金が入れば道場も開ける、もう一度だけだ、儲かっても損をしてもこれっきり、金輪際二度とやらぬ——そう自分にきつくいいきかせて、秋の宵の深川の町を賭場へ急いだ。

小名木川から一つ道を入った細川能登守《のとのかみ》下屋敷の一画、中間《ちゅうげん》長屋の土蔵で中間頭の虎造《とらぞう》が胴元の賭場が開かれていた。集まる客は御家人、中間、浪人者である。

又七郎が入って行くと、外と入口に見張りの男がいて、土蔵の十四畳の座敷に通し盆茣蓙六畳が敷かれ、丁半十六人ずつに分かれて勝負がはじまるところだった。壺振りは又七郎の見たことのない若い男で、中盆は三十半ばの男。盆茣蓙の両端に眼の効く若い衆が二人、尻《しり》はしょりで控えているが、肥《ふと》り肉《じし》の虎造は盆から少し離れたところにいて、盆の様子を眺めながら長煙管《ながぎせる》で煙草《たばこ》をふかしている。虎造は自分では勝負をせず、テラ銭をとり、負けがこんだ者に金子を融通するのである。

「おや、神保先生、どうぞ」

又七郎に気づいた中間の一人が替わってくれて、又七郎は半座の席についた。壺振りが見事な手際《てぎわ》で二個の賽子《さいころ》を鳴らして盆茣蓙に壺を伏せる。中盆が声をかける。最初は丁半およそ半々に出て、勝ったり負けたりの勝負がつづいたが、やがて半の目が多くなり、又七郎は少しずつ儲かってきた。手元に手札が貯《たま》ってゆく。手札一枚が一両である。潮時と見て、又七郎は勝負に出た。

中盆が渋いがよく通る声を張りあげる。

「ないか、丁方。ないか、ないか」

丁方の賭金《かけきん》が不足している。半方の又七郎が手札全部を大きく賭けたので、気遅れしているのだ。

中盆の催促に丁方の二人の武士が札をふやし、丁半の賭金が同額になったところで、

「勝負！」

と中盆の声。壺振りが伏せていた壺をあげる。

二個の賽の目は、三ゾロの丁。

うず高く積んだ又七郎の手札は、手元から一枚残らず消えた。

「おい、虎造。十枚ばかり廻してくれ」

と又七郎は頼んだ。

「ようがす。お貸ししましょう」

虎造が愛想よくいい、顎《あご》をしゃくると、若い者が手札をもってきた。それから少し勝った。しかし、また負けがこみ、虎造から幾度手札を借りたろう。一番鶏《どり》が鳴き、夜がしらしらと明け、土蔵の高窓から朝の光が射《さ》しこんで場が終ったとき、又七郎は胴元の虎造に六十両もの借金をつくっていた。

それを取り返そうとまた行った虎造の賭場《とば》でさらに負けがこんで、借金は百両を越えた。大金である。

「お止《よ》しなさい、神保先生。もうお貸しできませんね。まず、利息を頂戴《ちょうだい》しないと」

虎造の声はやさしかった。が、眼の奥には脂《あぶら》ぎった冷い光があり、口元には薄ら笑みが浮かんでいた。中間頭として主人には忠勤を励んでいるが、四十を過ぎて独り者で、金と女のほかには欲のない冷酷な男だった。一勝負に大金が動く賭場も開いていて、賭場の借金を返せなくなった御徒組《おかち》の御家人から御家人株をとった上に、家族もろとも御徒屋敷から叩《たた》き出している。それを知っていて、又七郎は虎造に大枚の借金をしてしまったのだ。

「利息はいくらだ？」

「二十五両一分ほどになりましょうか」

「三月で利息が二十五両……。そんな高い利息があるか。高利貸以上ではないか」

「とんでもない、先生。あたしは人並の相場で頂戴してるんでがす。利息を払えなけりゃ、元金を耳をそろえてお返しいただくだけでござんす」

「そんな金はない」

「困りましたな、先生」

虎造は腕を組み、親身になって考えこむ様子をみせながら、下を向いたまま独り言のようにいった。

「先生は腕が立ちなさる。その腕で返していただくって手もありますな」

「……………」

「人を一人、斬《き》っていただきてえ」

と又七郎の顔を上眼遣いに見あげて虎造はいった。

「俺に人殺しをしろというのか」

「相手は、先生ほど腕の立つご仁じゃござんせん」

「侍か」

「はい、さる御家中の……」

「拒《こと》わる」

「そうでござんしょう。町道場の先生が歴とした御家中のお侍をぶっ殺すわけにはいきませんな。この話、なかったことにしていただきましょう」

あっさり退いた虎造は煙管をつめかえ、紫煙をゆっくりとくゆらせながら、煙のゆくえに眼を細めて何気ないふうに言葉をついだ。

「先生のところに、女がいましたな」

「あたしの見たところ、失礼ながら、とても百両の抵当《かた》になる玉じゃござんせんが、利子ぐらいには……。あたしに預からせていただけませんか」

その場では返事をしなかった。しかし結局、虎造の使いの者が長屋に来たとき、又七郎はおしまを捨てた。いや、売ったのだ。

理由《わけ》を承知していておしまは、恨みがましいことを一言もいわず、涙もみせなかった。

「……」

「あたしでいいのなら、行くわ」

寂しそうな笑顔でそういって、近所へ使いに出かけるかのように出て行った。どこへ売られたのかわからない。しばらくして、上方へ売られたと風のたよりにきいた。

侍を斬ることは拒ったものの、又七郎はおしまを失ってからは、虎造へ借金を返すために、町道場の師範代をやめ、やくざの喧嘩《けんか》出入りがあると諍《いさか》いの是非は問わず、手当の額の多い方に助っ人《すけっと》としてついた。道場剣術しか知らなかった又七郎に、実際の斬り合いは、相手がやくざであれ浪人者であれ、剣の凄《すご》さと深さ、その面白さを身をもって知らせた。一方、くだらなくもあった。たびたびの斬り合いで、相手の命をとったことはないが、手傷を負わせるたびに、血を見るよろこびを感じ、剣もおのれも殺伐としてゆく。その自分を慰めるように、金が入ると大酒を飲み、商売女をつぎつぎに抱き、すぐに使い果たした。

ただ、博打には二度と手を出さなかった。虎造への借金を返しおえると、頼まれれ
ばどの親分の賭場でも用心棒をつとめた。

向島の宇之吉《うのきち》親分の用心棒をしていたとき、花川戸の花駒《はなごま》一家との喧嘩出入りがあって、花駒の用心棒、阿佐田《あさだ》左門と一対一の斬り合いになった。

左門は柳生新陰流の遣手である。ひとめ見たとき、こ奴《やつ》は人を斬り殺しているとすぐにわかった。瞬《まばた》くことのない細い眼の奥に、どす黝《ぐろ》い殺気が揺れていた。

長身痩軀《そうく》の左門は、長尺の大刀を右半身《はんみ》の八双に構えた。引き結んだ唇の歪《ゆが》んだ口辺に、蛇の執念を思わせる薄ら笑みを刻んでいる。さらにニヤリとして間合をつめてきた。

又七郎は遠間の下段の構えから、こちらもジリッと間合をつめながら静かに剣尖《けんせん》をあげて青眼の構えに移し、剣尖を相手の左拳《こぶし》につけた。左門が攻撃に移る瞬間、「先《せん》」をとって間髪を入れず左腕を斬るか、相手の振りおろす大刀を「後《ご》の先《せん》」をとって摺《す》り上げて右腕を斬り落す。無双流飛竜返しの応じ技だが、やくざや浪人者相手の修羅場を幾度もくぐって磨いた邪《よこしま》な剣風である。

左門は又七郎の手の内を読んだのか、気勢だけをしめして攻撃に移らなかった。彼も構えを青眼にして、右にまわりはじめた。又七郎も体《たい》を移す。両者、一寸の切っ先の間合の相青眼で、気合いの火花を散らしつつ半円を描いた。

と、左門が頭上へ打ちこんできた。摺り上げるひまがなく、受け流して体を入れ替える。次の瞬間、左門の一瞬の隙《すき》をついて小手を攻めた。両者の剣が火花を散らす。さらに二合三合斬り結んでは離れ、離れては斬り結んだ。

左門が居付いたと見て、つけ入って右小手を攻めたとき、左門の剣尖が閃《ひらめ》き、又七郎は顎に鋭い衝撃をうけ、左眼が血潮で見えなくなった。が、それより一瞬速く、手《て》応《ごた》えを感じ、左門の右腕を斬っていた。しかし、入れ違って振り返ったとき、いまにも倒れそうだった。どのような左門の剣さばきだったのか、顎から左眼にかけて斬り上げられたのだ。だが、左門もだらりと垂れた右腕から血をしたたらせて血刀をとり落し、左膝《ひざ》をガクッとついていた。そして、蒼白《そうはく》の表情で振り返り、自嘲《じちょう》とも蔑視《べっし》ともつかぬ薄ら笑いを口元に浮かべて又七郎を見た。その左門を隻眼《せきがん》にとらえて手負いの又七郎は剣を構え直した。

「それまでだ！　お引きくだせえ」

花駒が声をかけ、宇之吉も同意したので双方退《ひ》き下がり、手打ちとなったのだった。

このときの刀傷が又七郎の顎から左頬にかけて残った。冷酷な印象を人にあたえるその傷の人相のおかげで、ほとんどただ座っているだけで賭場の用心棒がつとまった。近頃は木場の重蔵一家の用心棒として無頼な生活がつづいており、生きることなどうでもいいといった、投げやりな日々を過していたのである。

四

夢の中に花売りの声がする。

どこか仄暗《ほのぐら》い路地から路地をさまよいながら、人を捜している。その後姿がむこうの角に消えたのに、誰なのかわからない。女ではある。白地に桔梗《ききょう》の柄の浴衣《ゆかた》を着ていた……。

「母上……」

又七郎は夢の中で呼びかけている、幼かった子供にかえって。

けれども、母の姿は消えたまま、花売りの声がきこえてきた。

「花ーィ、花ーィ」

男の声である。花鋏《はなばさみ》を鳴らす音もひびいてくる。天秤《てんびん》をかついで、荷籠《にかご》に桃の花、桜の花、山吹の花を載せた花売りが、手にした鋏も鳴らしながら、のどかな売り声をあげて朝の町を通ってゆく。

夢が薄れ、うつらうつらしながら、又七郎はその声が遠ざかるのをきいていた。寝床に入って半刻《はんとき》(一時間)ほど眠った時刻だが、煤《すす》けた破れ障子に春の朝陽が射して、部屋の内はかなり明るい。昨夜は木場の重蔵の賭場で用心棒として夜を明かし、夜の名残りの霧が漂う堀端を通って、町木戸が開いてから裏店《うらだな》にもどって来たのである。

買ってやった掻巻《かいまき》にくるまって隣に寝るようになった新之助の起き出す気配がする。今朝も飯を炊《た》いてくれるのだ。寝返りをうってまた眠りに落ちながら、刀傷のある又七郎の口辺にかすかなひとり笑みが浮かぶ。

賭場のある夜は、新之助と早めの夕餉《ゆうげ》をとってから出て行き、夜が明けてからもどって来る。どこへ行くのか、どんな仕事なのか、新之助に話してはいないし新之助も訊《たず》ねないが、はたから見れば父子のような二人暮らしが、三月《みつき》ちかくもつづいているのである。

ドブ板を踏んで駈《か》けまわる子供らの燥《はしや》ぎ声、井戸端からはかみさんたちの笑い声とおしゃべりの声でひととき長屋は賑《にぎ》やかだが、それもひっそりとした午《ひる》近くに、又七郎は眼覚める。新之助へは先に朝餉をとるようにいってあるが、待っていて、二人で食べる日もある。数日前は、新之助と長屋のガキどもの話し声で眼覚めたのだった。

「おまえのとうちゃん、まだ寝てんか」

「シーッ、静かにしろよ」

「病いで起きられねえんだな」

「病いなんかじゃねえよ」

どうやら新之助と近所のガキどもが破れ障子の穴からのぞいているらしい。

「夜の仕事なんだ」

と新之助の声。

「へええ、夜に稼ぐんじゃ、夜盗じゃねえか」

「違わい。夜盗なんかじゃねえ」

「だけど、夜稼いで昼間寝てるんじゃ、鼠《ねずみ》小僧みてえだな」

「うん……鼠小僧かもしれねえよ」

「そいつは凄《すげ》えや」

「シーッ、眼を覚ましたぜ」

ドブ板をバタバタ鳴らしてガキどもが逃げて行き、すっかり眼覚めた又七郎は寝床の中で苦笑した。

鼠小僧と異名をとった夜盗は、先年、捕えられて獄門になったが、大名や豪商から盗んだ小判を貧民に施していた義賊として江戸市中で人気を博していた。

——せめて、義賊であったら……。

又七郎は、賭場の用心棒稼業《かぎよう》に反吐《へど》が出るほど飽き飽きしているのである。

花売りが来たその日、午近くに起きた又七郎は飯を喰ってから、新之助にねだられて近くの空地で剣術の手ほどきをしたあと、部屋にもどって本を読んでやった。新之助は侍の子らしく剣術を好み、読み書きも好きで、一人でいるとき押入れで埃《ほこ》りにまみれていた書物を引っぱり出して、挿絵のある井原西鶴《さいかく》の『武道伝来記』などを見ているらしく、読んでほしいとねだり、一度読んでやると文章を諳《そら》んじる頭の良さである。

その日、新之助が読んでほしいと差し出したのは、又七郎が若いころに読んですっかり忘れていた、山本常朝《つねとも》の『葉隠《はがくれ》』のうちの一巻だった。

「これはおまえには、むずかしかろう。他の書物にしてはどうか」

と又七郎はいったが、「いえ、ここのところをお願いします」と新之助は開いた頁を指さしてから正座して待った。そうした躾《しつけ》の良くできている子で、その頁には又七郎が以前に引いた朱線があって、それで興味をそそられたのだろう。

「では読むぞ」

又七郎は前のところを少しはしょって読みはじめた。

「——何某《なにぼう》申され候《そうろう》は、『一度誤《あやまり》これありたる者を御捨てなされ候ては、人は出来申すまじく候。一度誤たる者はその誤を後悔いたす故《ゆえ》、随分嗜《たしな》み候て御用に立ち申し候。立身仰《おお》せ付けられ然《しか》るべき』由《よし》申され候——」

理解できないのか考えこむ様子で聞いている新之助へ、又七郎は説明した。

「この者は以前酒を飲んで失態したことがあったゆえ、立身の議で立身無用と衆議の一決したとき、一人の侍がこのように申したというのだ。わかるか」

「はい。『一度誤たる者はその誤を後悔いたす故』二度と誤はしないから、ご用に立つ——というのですね」

新之助は文章の一部を諳んじてすらりと答えた。

「その通りだ」

又七郎は自分が朱線を引いてすっかり忘れていたその一節を、新之助からいまの自分のことなのだと教えられた気がして、胸を深く突かれた。

「そうだよ、新之助。一度誤を犯した者は二度と誤を犯さぬものだ。いや、そうあらねばなるまい」

又七郎は自分にいいきかせつつ新之助へそういった。

そこへ鎌鼬《かまいたち》の松吉が顔を出した。

「ちょいと付き合っていただけますか、先生」

女のようになまっ白い皮膚の小男が揉《も》み手をしながらいい、

「おや、書見ですか。どこのガキです？　先生も隅に置けませんねえ、隠し子ですかい。先生に似て色白で利発そうな面相《つら》ァしてるじゃござんせんか」

とペラペラしゃべり、その松吉を睨《にら》む新之助へ、

「坊、先生に読み書きを教わるのも悪くねえが、かあちゃんとこへ帰《け》えった方がいいよ。先生んとこにいたら日干しにされちゃうぜ。悪いこたァいわねえ、さっさとかあちゃんとこへ帰えんな」

「松、余計なことをいってねえで、さ、行くぞ」

又七郎は大小を腰にすると、新之助へ「出かけてくる」と声をかけて外に出た。

「すいませんねえ、ちょいとご足労をおかけしやす」

路地を出ながら松吉はあらためていったが、用件はわかっている。又七郎は仏頂面《ぶっちょうづら》のふところ手で、松吉と並んで黙って歩いた。

「すっかりいい陽気になりやしたねえ。上野のお山も道灌山《どうかんやま》も隅田堤の桜も五分咲き

だっていうじゃねえですか。満開の花吹雪も悪かァねえが、あたしゃ咲きはじめが好きだねえ。おぼこ娘が恥らってるようで、まだちょいと冷い風に開いたばかりの花びらがふるえてる風情《ふぜい》がなんともいえませんねえ」

柄にもなく粋《いき》なことをいいながら松吉は、仙台堀を渡り、霊巌寺《れいがんじ》の脇《わき》を通り越して小名木川にかかる高橋《たかばし》の手前で左に折れると、

「先生、ちょいと待っておくんなせえ」

と又七郎をそこに待たせて、海辺大工町の材木商江州屋の暖簾《のれん》をくぐって店に消えた。江州屋は木場に広大な貯木場をもつ大店《おおだな》の一つである。ほどなく、江州屋の倅《せがれ》の誠次郎《せいじろう》を連れて出てきた。

「若旦那《だんな》、お忙しいところを申しわけござんせんが、立ち話もなんですから、ちょいとそのへんまでつき合っておくんなせえ」

松吉は愛想よくいって先に立った。二十半ばの優男《やさおとこ》の誠次郎は、又七郎を見ると怯《おび》えた眼を伏せて会釈《えしやく》をし、松吉のあとを歩き出す。その誠次郎をはさむようにして又七郎はあとからついて行った。

浄心寺の脇まで来ると、松吉は小門をくぐって境内に入り、人気のない寺の裏手にまわって立ち止まった。数本ある桜の老樹が三、四分咲きの花をつけている。その下

に立ち止まった三人の男は、人が見れば花を眺めている風情である。

「桜が咲いたってのに若旦那がお見えにならねえんで、うちの親分が心配なさってお
いでですよ。ご病気じゃねえかと」

小男の松吉は丁寧な口調でいい、掬《すく》うような眼でひょろりとした誠次郎を見上げ、かたわらに立つ又七郎をちらと見てから言葉をついだ。

「神保先生も心配なさって、こうして来て下さったんですよ。あんたが夜逃げしたんじゃねえかってね。そんなわけはねえって、あっしはいったんだ。江州屋の若旦那が親分への借りを忘れるわけはねえ、耳をそろえて必ず返しに見えなさるって。ねえ、若旦那、そうでやしょう？」

「……」

「借金は返さねえ、賭場《とば》には顔を見せねえじゃあ、ただじゃすみませんぜ」

小男の眼がひかり、ドスの効いた声に変わる。誠次郎は松吉と又七郎へ怯えきった視線を這《は》わせたが、顔を伏せて黙っている。

「黙ってちゃわからねえぜ、誠次郎さんよ」

松吉の声がさらに凄味《すごみ》をおびる。顔を上げた誠次郎が、ようやく蚊の鳴くような震え声でいった。

「だ、だ、だけど、ありゃあ……いかさま、だったんじゃ、ないのかい？」

松吉が耳を疑うといった表情をして又七郎と顔を見合わせてから、

「誠次郎さん、そんな口をきいていいんですかい？　証拠もねえのにいかさまだなんていっちゃ、あの場にいなさったこちらの先生が黙っちゃおりませんぜ。ねえ、先生」

「左様。証拠があれば見せてもらおうか」

咲きそめた桜の花を見あげながら、又七郎は初めて口をきいた。独り言のように声は低い。そして、ふところから両手を出して薄ら笑った。口元に刀傷のあるその冷酷な顔に怯えきった誠次郎が慌《あわ》てて後退《あとずさ》った拍子に、小石にでも足をとられたのか倒れて尻《しり》もちをついた。ヒーッと咽喉《のど》が鳴る悲鳴をあげ、顔は蒼白《そうはく》である。

松吉が援《たす》け起こしながらやさしくいった。

「大丈夫ですかい、若旦那。うちの先生が乱暴するわけはござんせんよ。借金をお返しにならねえと、若旦那の片腕が大川に浮くか、土左衛門《どざえもん》になった江州屋の若旦那が両国の百本杭《くい》にひっかかって江戸市中に知れわたるってことがないとも限りませんが、そんなことァまずござんせん。安心して賭場へお顔を見せておくんなさい。いかさまで負けただなんて人聞きの悪いこたァおっしゃらずに、正々堂々、若旦那らしく賽《さい》の目勝負でとり返したらよろしいじゃござんせんか。賭《か》け金がご入用なら、親分がよろこんで都合すると申しておりやす。今度は必ずいい目が出て、大儲《もう》けができますよ、若旦那」

着物の埃を払ってやり、松吉はニヤリとした。

江州屋の誠次郎が一晩で二百両という大金の大損をしたのは、いいかさま賭博に嵌《はめ》られたからだった。重蔵はその機会をねらっていて、誠次郎に数晩にわたってかなり儲けさせておいて、その晩、壺振《つぼふ》りの庄助に七分賽を使わせて誠次郎から大金をまき上げた。七分賽は、どう転がしても丁目か半目の一方しか出ないように細工したいかさま賽子《さいころ》である。庄助は何くわぬ顔で並みの賽子二つと隠し持っていたいかさま賽子二つを巧みにすり替えて使ったのだった。

万一、客の誰かか嵌《は》められた本人がそれを見抜いて文句をつけたときは、まず盆をしきる中盆の佐吉が啖呵《たんか》を切って抗弁するが、相手を脅して黙らせるのは用心棒の又七郎の役である。さらにこじれたときは親分の重蔵の出番となる。

賭場の用心棒として博打に眼が肥えてから、又七郎は自分が中間頭の虎造の賭場で大負けしたのは、いいかさまに嵌められたのではなかったかと疑ったが、証拠はなく、すべて後の祭だった。そしていま、自分は決して博打《ばくち》には手を出さないが、客の一人がいかさまに嵌められるのを、罠《わな》にかかって悶《もだ》え苦しむ獲物《えもの》を見るように半ば楽しんでいて、こうして恐喝の片棒をかついでいるのである。

「もうよかろう、放してやれ」

自分自身に唾《つば》を吐く思いで松吉へそういい、

「わかったら、さっさと失《う》せろ」

と誠次郎へ吐き捨てた又七郎は、ペコペコ頭をさげた誠次郎が慌てて寺の小門を出て行くのを見ながら、その視界の隅に小さな人影が動くのを見た。近くの桜の老樹の陰に子供が素早く隠れたのだ。

——新之助……。

そう思ったとき、芥子《けし》坊主《ぼうず》頭の新之助が寺の小門へ走って姿を消した。

「先生、そのへんで一杯やっていきやしょう」

「ことわる」

松吉と別れて往還に出た又七郎は、もう姿が見えないが新之助の駆け去ったらしい方角へ、舌打ちして足早やに歩き出していた。

五

「あら、新之助と一緒じゃなかったんですか」

裏店にもどると、部屋の掃除をしてくれていたおせいが、怪訝《けげん》そうにいった。いまし方新之助がもどって来て、「おじさんはいま帰って来るよ」といい、鉄砲玉のように遊びに飛び出して行ったという。

——あ奴《やつ》め……。

後を跟《つ》けてきて、浄心寺の境内での又七郎と松吉の恐喝の現場を目撃した新之助は、又七郎と顔を合わせたくなくて飛び出して行ったのだろう。又七郎にしても道々、新之助へどのように抗弁したものか、いや、この際正直に話すべきか迷っていて、いまは顔を合わせたくなかった。

「いつもすまぬな」

とおせいに礼をいって部屋に上がった。おせいは昼間ときおり来て、洗濯や掃除や夕餉《ゆうげ》の菜をつくってくれるばかりか、又七郎と新之助の着物のほころびも繕ってくれていた。

姉さんかぶりの手拭《てぬぐい》をとって坐《すわ》ったおせいは、

「今日は先生、新之助のことで聞きこんだことがあって、お知らせに来たんですよ」

と身を乗り出した。自身番はもとより、「瓢《ひさご》」の客に訊《たず》ねて、新之助の親を捜してくれていたのである。

「親ごがいずこにいるか、わかったのか」

「いえ、そこまではまだ」

おせいは首を振ったが、膝《ひざ》をすすめて言葉をついだ。

「この春、国許《くにもと》での仕官のかなった江戸のお侍が子を捨てたとか」

「いずれの家中の者だ？」

「遠州掛川藩太田家のお侍です」

「掛川藩か。そ奴にしては、新之助に遠州訛《なまり》はないが……」

「あの子は江戸生まれだからでしょう。それに、母も江戸の女なら……」

「母のことはわからぬのか。躰《からだ》の痣《あざ》が折檻《せっかん》の痕《あと》だとすると……」

「継母《ままはは》にいじめられて、それであの子は家に帰りたくないのかもしれないとわたしも思いますけど、もしそうだとしても、新之助の生みの母が……」

おせいは涙声になって言葉をとぎらせ、深い溜息《ためいき》をついた。

「左様、実の母がわが子をいじめたり子を捨てるわけがあるまい。実の母がわかればよいが、しかしその掛川藩の侍、新之助の父かもしれんな。誰から聞いたのだ？」

「たまにお見えになる、掛川藩の江戸詰のお侍から」

「うむ。で、仕官がかなったというそ奴、名は何と申す？」

「戸塚治右衛門《じえもん》とか」

「すでに国許へもどったのか」

「そこまではまだ……」

眼をとじた又七郎は、半ば独り言に激しく吐き捨てた。

「許せぬ！」

もし、自分に国許での仕官がかなったとして、江戸の女との無頼な暮らしで子がいたとしたら、どうするだろう。女も子も捨てて帰るのではないか。ことに養子の口が決まりその家の禄《ろく》が継げるとしたら、身にまといついた塵芥《じんかい》を払い捨てるようにわが子さえ捨てるのではあるまいか。

——いや、国許での仕官など、もはや俺にはありえぬが……。

おせいがこんど掛川藩の客が来たらなお詳しくさぐり出してみるといいおいて帰ってからも、暗くなった部屋に坐ったきり、捨てたおしまのこと、もしおしまに子ができていたら……などと、その戸塚治右衛門という侍にわが身をかさねて考えつづけながら、新之助がもどるのを待った。

夕餉の皿小鉢の触れ合う音、赤ん坊の泣き声や話し声と笑い声の賑《にぎ》やかな一刻が過ぎ、井戸端からの女たちの声も絶えて、長屋中がひっそりし、犬の遠吠《とおぼ》えだけが時折きこえてくる夜更《ふ》けになっても、新之助はもどって来なかった。家に入れずにそのあたりにいるかもしれないと、暗い路地中を捜してみたがいない。どこへ行ってしまったのか。町人を脅していた無頼な浪人者のところへもどれないと怯えた子供が、しかし親元へ帰れないなら、行くところは親切なおばさん、おせいのところしかないだろう。そう思ったのは、すでに町木戸の閉まった時刻で、「瓢」は店仕舞した後であり、おせいの住いは知らない。

高熱にうなされて母を呼ぶ新之助を抱きしめて一つ掻巻《かいまき》にくるまって朝を迎えた一夜が、昨夜のことのように思い出され、わが子のごとく剣術の手ほどきをし本を読みきかせた一刻も鮮やかに思い浮ぶ。おしまと夫婦になり、町道場の師範代として実直に暮らしていたら、新之助ほどの子がいたはずである。

貧乏徳利を引き寄せたものの飲む気にはなれず、柱に背をもたせかけたまま、又七郎は新之助の身を案じ、おのれのことを考えつづけて夜を明かした。

朝、昨日の残り飯を湯漬けにして胃の腑《ふ》に流しこむと、長屋を出た。とうとうもどって来なかった新之助を捜しがてら、新之助を捨てた父かもしれない戸塚治右衛門という侍のことをさぐってみることにしたのである。自身番で訊ねると、掛川藩太田家の上屋敷は江戸城大手の常盤《ときわ》橋御門内にあり、中屋敷は木挽町《こびきちょう》築地、下屋敷は駒込《こまごめ》千駄木である。築地の中屋敷は大川を渡って深川から最も近いから、「瓢」へたまに来る掛川藩の侍というのは中屋敷の者であろう。

そう見当をつけて、永代橋を渡った。潮風もあたたかく、春のうららかな日よりである。橋の西詰にある船番所を過ぎ、左に折れて日本橋川の落ち口にかかる豊海《とよみ》橋を渡り、大川河口に浮かぶ石川島と佃島を左に見て大川端を南にむかう。そこからさらに京橋川を渡って築地までは四半刻《とき》（三十分）余の近さである。

しかし、太田家中屋敷の門前に立ったものの、無頼な浪人が門を叩《たた》いて問うわけにはいかず、このあたりは大名屋敷ばかりで茶店ひとつ見あたらず、訊ねるすべがない。大手の上屋敷も同様であろうから、駒込千駄木の下屋敷まで足をのばそうと、昨日今日の暖かさで一気に桜の満開になる江戸の町をまた歩き出した。

上野のお山の桜は、遠眼にもあわあわと七分咲きである。花見客で賑わう不忍池《しのばずのいけ》の端をまわって、根津権現《ごんげん》に着いたのは正午を過ぎていた。太田摂津守《せっつのかみ》の下屋敷はその裏手にあった。ここも門がぴたりと閉っている。二、三度行き来してから根津権現の境内にもどり、茶店の一軒に入った。茶を所望し、六十年配の亭主に訊ねた。

「掛川藩の下屋敷に戸塚治右衛門と申す侍がおるかの？」

「……………」

口元の刀傷から眼をそらして、白髪頭の亭主は不審そうに又七郎を見ている。

「戸塚どのとは剣術が同門での。しばらく会っておらぬゆえ、国許へ帰るときいて訪ねてきたのだが……」

「左様でございますか。戸塚さまならこの店へもよくお見えになりましたが、すでに国許へお帰りになりましたよ」

「そうか。戸塚氏は帰国されたか。たしかこれほどになる倅《せがれ》がいたはずだが……」

又七郎は新之助の背丈を片手でしめして訊ねた。

「はい、おりました。たしか新之助という名の」

「それだ、その子はどうしたであろうな？」

「はて……」

亭主が他の客へ茶を運んでいた老婆《ろうば》を呼ぶと、老婆が替わって答えた。

「あの子なら正月に親子そろって権現様に初詣《はつもう》でに来て、この茶店に寄ってくれたが、その後とんと見かけぬのう」

「親子そろってとは、母ごも一緒だったということか」

「へえ。ありゃ性悪女でねえ」

と老婆は顔をしかめてみせた。

「母親がか」

「すぐそこの根津門前町の飲み屋の女だよ」

又七郎はふところから財布をとり出すと、小銭を亭主と老婆ににぎらせて、詳しく聞かせてほしいと頼んだ。

二人の話によると、戸塚治右衛門は掛川藩下屋敷の長屋に住んで妻子がいたが、三年前に妻を病いでなくし、一年ほど前から門前町の飲み屋の女とねんごろになっていたという。

「正月に初詣でに来たのは、いつのことか覚えておるか」

「元日ではなかったから、三日の朝早くだったよ」

と少し考えてから老婆は答えた。

すると、あの日、足をのばして深川富岡八幡宮へ来たことになる。女が一緒だったかどうかわからないが、父親は初詣で客のあの混雑にまぎれて二ノ鳥居のところで新之助を置き去りにしたのだ。

茶店の亭主と老婆に礼をいって立ち上がった又七郎は、新之助が来るとすればこの境内だと思い、しばらく境内を捜し、太田家下屋敷のあたりもくまなく捜したが見あたらない。新之助が一人でここまで来たとしても、深川にもどっていないとすれば、迷子になって江戸市中をさまよっているかもしれなかった。すでに一昼夜が経《た》っているのである。利発な新之助が迷子になるはずはないとすると、どこへ行ってしまったのか。いま頃は深川の裏店にもどっているかもしれないと思い、帰ることにした。

又七郎が永代橋を渡ったのは日暮れ時だった。店を開けたばかりの「瓢」に寄り、新之助は来なかったというおせいに、昨日の浄心寺での一件と今日の首尾を手短かに話し、酒は飲まずに急いで裏店にもどったが、新之助の姿はなかった。

六

「どこへ行ってしまったのかしら、あの子……」

店が閉まってから急いで来てくれたおせいが、長屋の木戸の外に出てはまたもどって来て、部屋で腕組みをしている又七郎へ不安の面持ちでつぶやく。

「ここに坐っておれ、おせいさん」

風が強くなっている。長屋の木戸口にも一本ある桜の花びらが、風に吹きちぎられて土間に舞い込んできた。すでに町木戸も長屋の木戸も閉まる時刻である。

「新之助め、俺を嫌って出て行ったとしても、仕官のためにわが子を捨てて国許へ帰った男のところへなど、帰すわけにはいかぬ」

半ば独り言に又七郎が吐き捨てると、

「ええ。そんな薄情なお侍のところへなど、あたしだってあの子を帰しませんよ」

とおせいもいった。

「待つしかあるまい。飲む気分ではないが、少し飲みながら待つか」

又七郎が貧乏徳利を引き寄せると、おせいは酌をしてくれたが、行灯《あんどん》の明かりで新之助の着物の繕いをはじめた。

風がいっそう強くなり、雨も降り出した。破れ障子が強風に鳴り、パラパラと大粒の雨が降りかかる。おせいは土間に降りて障子を開け、路地に出ては、新之助が帰って来てはいないか左右を捜してから、また針仕事にもどる。又七郎にもそのあたりの軒下に新之助が立っているように思えてならなかった。

——帰らぬ幼な子を待つ夫婦《めおと》のようだな……。

柄にもなく、ふとそう思う。

長屋中は寝静まって、吹きつのる風雨の音だけである。この嵐《あらし》では咲いた花が散ってしまうだろう。

「おせいさん、寝《やす》んでくれ」

「いえ、先生こそ」

それきり、会話は途絶える。

又七郎は貧乏徳利の酒をほとんど飲みつくしたが、少しも酔えなかった。行灯の明かりで針仕事をしているおせいをちらと見て、話しかけた。

「前から訊ねようと思っていたんだが、ひとつ聞いてもいいかな」

「ええ、何でしょう」

「新之助に俺が初めて声をかけられたとき、おせいさんは永代橋のたもとに立って江戸湊《みなと》を眺めていたね。その前にもあそこに立って物思いにふけっているらしい姿を見かけているんだが、あそこで何を見ているんだい？」

おせいは運針の手を止めたが、うつむいたまま黙っている。

「話したくないならそれでいい」

又七郎はそういってから、冗談めかしていいそえた。

「たそがれ時に橋のたもとに佇《たたず》んで、江戸湊を眺めて何やら物思いにふけっている女の風情《ふぜい》は、男心をそそるんでね」

「まあ……」

又七郎を見たおせいの細面の頬が、行灯の明かりのせいばかりではなく、ぽっとあからんでいる。普段は寂しげな年増《としま》女に、そんな生娘のような恥らいの表情があったのかと、又七郎は胸をつかれながら、その色気にもはじめて気づいた。

「いえ、そんなんじゃないんですよ。先生ったら、お人が悪い」

とおせいは小料理屋の女にもどっていった。

「じゃあ、何を眺めているんだい？」

少し黙ってからおせいは答えた。

「石川島ですよ」

「石川島には人足寄場があるが……」

「ええ、知り合いが寄場へ行ったものですから」

「おまえさんの男かね？」

「……」

「寄場送りなら、たいした罪ではあるまい」

寛政二年に火附盗賊改方の長谷川平蔵が老中松平定信《さだのぶ》に建議して創設した石川島人足寄場は、無宿人や引き取り手のない刑余者の更生収容施設である。文政三年以降は江戸払い以上の追放刑受刑者をも収容し、収容者に紙漉《す》き、鍛冶《かじ》、大工、左官、油絞り、炭団《たどん》作りなどの職を覚えさせ、情状により五年程度で釈放していた。

「以前はまじめな腕のいい錺《かざり》職人だったんですよ。それが……やくざな博打《ばくち》打ちになって」

「博打打ちに……？」

「それも壺《つぼ》振《ふ》りに」

「このお江戸でかい？」

「はい、最後は向島の賭《と》場《ば》で」

「名は何というんだい、その壺振りは？」

「千蔵といいます」

千蔵なら知っている。又七郎が用心棒をしていた向島の宇之吉親分の賭場で傭《やと》ったことがある。腕がいいと聞いて、客をいいかさまに嵌《は》めるために傭ったのだった。

「あたしにはよくわかりませんけど、賭場でしくじりがあって、指をつめられた上に、喧嘩《けんか》で人さまを傷つけた罪で寄場送りに……」

「千蔵、さんといったね」

「ご存知ですか」

「いや……。壺振りにしくじりがあって指をつめられることはよくある。喧嘩出入りもやくざにはつきものだ」

又七郎はそういったが、千蔵のことはよく知っている。いや、忘れられない相手である。

あれは八年前、向島の宇之吉親分の用心棒をしていたときのことで、阿佐田左門との斬《き》り合いで又七郎が顔に傷を負った花駒一家との喧嘩出入りのもとは、花駒との大勝負に宇之吉が千蔵を傭って、いかさま賽《さい》を使わせてしくじったことにあったのである。
二十二、三の男前の千蔵は、元錺職人だけあって手先が器用で、壺振りとして賽子《さいころ》の扱いが実に見事だった。そこを見込んで、花駒が子分を連れて乗り込んできた大勝負の盆で、宇之吉は千蔵に中盆との打合わせ通り七分賽を使わせた。
千蔵が右手の壺と左手の指先にはさんだ二箇の賽子を高く揚げて見せ、次の瞬間、額の前で素早く交錯させ、賽を投げ込まれた壺が乾いた音で鳴った。その一瞬に千蔵は別の指先に隠していたいかさま賽子二箇と擦り替えたのだが、見馴《みな》れている又七郎にもわからなかった。生きもののように擦り替わった賽子を伏せた壺をやや青白い顔で押えて、千蔵はうつむいている。

「さあ、張っておくんなせえ。張ったり、張ったり！」

中盆の声が煽《あお》る。丁半双方に賭金《かけきん》の小判が積まれる。手札ではなく、金子《なま》の大博打である。中盆が「勝負！」と通し声をかけようとしたそのとき、花駒親分がドスの効いた声をあげた。

「ちょいと待ってもらいてえ」

「花駒の親分さん、何かご不審でも？」

中盆がすかさず咎《とが》める口調で応じた。

「いや、中盆さん、あんたを咎めてるわけじゃあねえ。ちょいと、千蔵さんとやらの壺を改めさせてもらうぜ」

その声が終わらぬうちに花駒の子分の一人が千蔵の手首をつかんで捩《ね》じ上げた。千蔵の指の股《また》から賽子が二つ転がり落ちた。

「何て真似《まね》をしやがった、千蔵。花駒親分の前で俺の顔に泥をぬりやがったな！」

怒号したのは千蔵を傭っていいかさまをやらせた宇之吉親分だった。子分たちが逃げようとする千蔵をとりおさえて、その場で指をつめた。万一しくじったときは、花駒親分の眼の前でそうすると、千蔵には知らせずに決めていたから、又七郎は一部始終を黙って見ていたのだ。普通ならいかさまがばれる一瞬前に、いかさまを見破った相手を脅して黙らせるのが用心棒の又七郎の役割りなのに、しくじった千蔵を助けなったのだ。それどころか、千蔵が事実を口にしたときは、斬《き》るつもりだったのである。

その真実をいまおせいに告げようか告げまいか迷いながら、又七郎は訊《たず》ねた。

「その千蔵さんとやらが寄場送りになったのは、何年前のことだい？」

「もう七年前になります」

「七年も？　あそこでは手に職をつけられた者は長くて五年でご赦免になるようだから、錺職人だった千蔵さんなら、もうとっくに帰って来ていいんじゃないかね」

「ええ……」

うなずいたおせいは、うつむいたまま短く答えた。

「死にました」

「死んだ？」

「もう三年も前に島で死んだんですよ、病いで」

「……」

「あたしって馬鹿《ばか》ですねえ。島で死んだ男のことがいまだに忘れられなくて、三十女のおばあさんのあたしが小娘みたいに、あの人が帰ってくるんじゃないかって永代橋のたもとに立って島を眺めてるなんて」

別人のように一気にしゃべったおせいは、蓮《はす》っ葉《ぱ》な笑い声さえたてて、不意に黙った。

又七郎は、見殺し同然にした千蔵がその後仲間内の喧嘩で人を傷つけ、江戸払いの刑を受けたとは聞いていたが、人足寄場送りになったのは知らなかった。いや、千蔵のことは思い出すまいと、臓腑《ぞうふ》の闇《やみ》にねじ伏せて忘れたのだ。

——千蔵とのかかわりの一切を、この女に話さねば……。

揺れる胸の内で又七郎は自分にいいきかせながら、島で死んだ男をなお待ちつづけている年増女のさびしさ、かなしさが、胸のうちに忍び込んできた。

——いまごろ、おしまはどうしているだろう……。

ふと、そうも思うと、女たちの不幸《ふしあわせ》が水がしみ入るように胸の内をひたした。又七郎自身、中年男のかなしさ、さびしさから逃れるために、武士でありながらやくざな暮らしに墜《お》ちているのである。

「おせいさん」

又七郎はおせいの手をとるようにして呼びかけ、言葉をついだ。

「無頼な俺だが、その醜い本当の姿を新之助に見られたのは、良かったのかもしれぬ。あいつを悲しませてしまったが、いずれはわかることだ。あの子に嫌われ、蔑《さげす》まれ、こうして逃げられて、俺は眼が開いたよ。賭場の用心棒稼業《かぎよう》など虫けらのすることだ。やくざな暮らしには飽き飽きしていたんだ。俺にとっちゃいい潮時だ。それを新之助と、それからおせいさん、おまえさんが教えてくれた。この際、新之助がもどって来ようと来まいと、俺ァ、やくざ稼業からきっぱり足を洗うよ」

「ええ。……でも、あたしなんか何も……」

「いや、千蔵は俺が見殺しにしたんだ。向島の賭場で千蔵がいかさま賽を使ってしくじったとき、用心棒の俺はあいつを救えなかった。それどころか斬るつもりでいた……」

おせいは小さく声をあげて又七郎を見すえたが、視線をそらすと投げやりな調子でいった。

「いいんですよ、あの人のことは、もう……」

「よくはない。おまえさんに悲しい辛《つら》い思いをさせてしまった。詫《わ》びる。この通りだ」

又七郎は両手をつき、頭《こうべ》を垂れた。

おせいは気持の整理がつかないのかうつむいて黙っていたが、しばらくして、

「手を上げて下さいな」

ときっぱりした声でいい、笑顔になっていいそえた。

「新之助は必ずもどって来ますよ。妙ですねえ、赤の他人のあの子が、あたしたちの子のように思えるなんて……」

「おせいさんもそう思うかい？　わずか三月ともに暮らしただけで、あいつが我が子のように思えるだなんて、まったく妙だねえ」

その新之助はどこへ行ってしまったのか。花の嵐はいっそう激しくなって、闇が吠《ほ》えていた。

七

夜明けとともに風雨はおさまり、まぶしい朝の陽が射《さ》した。一睡もしなかった又七郎とおせいは、朝餉《あさげ》もとらずに新之助をさがしに裏店を出た。

又七郎は大刀を持たず、脇差《わきざし》も差していなかった。おせいが怪訝《けげん》そうに見たが、又七郎は理由を口にしなかったものの、心を決めたのだ。

──武士をやめる。

剣に生きる侍としての夢をとうに捨てたはずなのに、侍という身分にこだわり剣を捨てきれなかったために、賭場の用心棒に堕落しながら大小を腰にしてきた。そのような剣など捨て、思いきって武士をやめる。

──なあに、浪人者の手内職なんかじゃなく、生まれ替わったつもりで、井戸替え人足だろうと土方のもっこ担《かつ》ぎだろうと、丸腰でやってみせる。まだこの齢《とし》ならやれる。

新之助がもどってきてくれたら、あいつとおせいにそう話そうと、又七郎は決めたのだ。

脇差も差さぬ腰は頼りなくてスウスウしたが、淡い浮雲をうかべた春の青空が頭上にひらけ、その広々とした青空を見上げるのは何十年ぶりだろうと又七郎は思った。

新之助が死んだ母恋しさに駒込千駄木の藩邸を訪ねたとすれば、どこで二夜を過したにしろ、深川にもどって来るのは永代橋か両国橋を渡ってである。大川端に出た二人は、上流の両国橋へ行こうか、すぐそこの下流に見える永代橋へ行こうか迷ったが、橋のたもとで三人がはじめて出会った永代橋へ行くことにした。

大川の此岸《しがん》の桜も彼岸の桜も、晴れわたった朝の陽光と川風をあびて一気に満開で、昨夜の嵐で散り急ぐ花さえある。

又七郎とおせいは永代橋のたもとまで来て立ち止まった。対岸から深川へ渡って来る者、此岸から江戸の町々へ渡って行く者、天秤《てんびん》をかつぐ者、大八車を曳《ひ》く者など働く人びとの往来がはじまっている。幼な子の姿はまだなかった。

元禄《げんろく》十一年に隅田川最下流に架けられたこの橋の長さは百十間（約一九八メートル）、隅田川の一番長い橋である。中央が高くなっている反り橋なので、対岸の橋のたもとまでは見通せず、渡って来る者の姿が途中から現れて近づいてくる。又七郎とおせいは背伸びをして、橋の中央の高みに向うから芥子《けし》坊主《ぼうず》頭の新之助の小さな姿がひょっと現れるのを待った。

橋の下の川面《かわも》を漁師の舟や荷を積んだ伝馬《てんま》船、客を乗せた屋形船や猪牙《ちょき》舟が行き交い、すぐそこの河口に見える石川島と佃島の桜も満開である。

「来ませんね」

おせいがつぶやくようにいう。

もう一刻《いっとき》（二時間）も立ちつくしているのだ。

二人はどちらともなく、少しずつ橋を東から西へ渡っていた。ほぼ中央のいちばん高いところまで来たとき、子供の姿が見えた。芥子坊主の幼な髪。母親に手をひかれた、新之助より幼い子だ。

又七郎とおせいは、橋の中央に立ったまま、なお半刻（一時間）も待った。

「あらッ」

おせいが小さく声をあげた。又七郎にも見えた。橋の欄干に手を触れて川面をのぞき込みながら、近づいて来る芥子坊主頭の新之助の姿が。

その新之助が、顔を上げてこっちを見た。おせいはもう駆け出している。新之助が何か叫んで駆け寄ってきた。又七郎も走り出す。

「おじさーん！」

新之助の呼びかける声が川風に乗って運ばれてきた。おせいが新之助の名を呼び、下駄《げた》を鳴らして駆け寄ってゆく。

「おばさん！」

おせいの胸へ飛びついて来た新之助をおせいはしゃがんで抱きとめた。

駆け寄った又七郎はおせいの肩に一方の手をおいて、見上げる新之助の芥子坊主頭を軽く小突いた。

「気をもませおって……」

新之助の両の眼がみるみる潤《うる》み、大粒の涙があふれた。

「どこへ行っていたの？」

おせいがやさしく訊ねた。

「……母上のお墓……」

新之助が小さな声で答え、わっと泣きだした。その着物は昨夜の嵐《あらし》でまだ濡《ぬ》れていた。江戸市中のどこかの寺にある母の墓石のかたわらで過していたのだろう。

「泣くな、新之助」

又七郎は今日からわが子にした幼な子の頭をやんわりとゆすりながら思った。

――おせいが同意してくれたら、三人で共に暮らそう……。

その三人を立ち止まった人々が眺める橋の上にも、朝の川風が運ぶ桜の花びらが二ひら三ひら舞っていた。

解説

縄田一男

佐江衆一さんは、素晴らしい時代小説を書くが、決して時代作家というわけではない。所謂《いわゆる》、〝純文学〟系の作品をふり出しに、社会派的なルポルタージュの手法を取り入れた作品、九十八歳を眼前にして逝《い》った父親の老親介護を扱った作品等々、それらは皆、優れて小説である。

私はこの頃、思うことがある。世の中に書店というものがあり、小説と銘打たれた本が所狭しと並べられ、売られている。だが、ストーリーらしきものがあり、地の文と会話文があれば、それは小説なのか。いや、違うだろう。書店に百冊、小説が置かれていれば、その中で真に小説と呼び得る作品が一割あるかどうか——。

そのことに気づいてしまってから（何を高慢ちきなことをいっているのか、といわれる方がいれば、その批判は甘んじて受けよう）、書評や解説を書くことに、時には、塗炭の苦しみを感じるようになっていった。

そんな折、佐江さんの作品の解説を書くことは、私にとっては涙が出るほどの救済であった。が、佐江さんは、安易に読者を泣かせてくれるような作家ではない。換言すれば、それほど自分にとってきびしく、読者と共犯関係をつくり、哀《かな》しみを涙とともに流してしまおう、などというカタルシスには完全に背を向けているのである。

そこで、この解説では、佐江さんの近作である『長きこの夜』と本書『動かぬが勝』、そして、『昭和質店の客』について、思うところを述べてみたい。

『長きこの夜』は、表題作と巻頭の「風の舟」が、自らの老いと老親介護を扱った作品である。とはいっても介護をしていた父は既に他界しており、午前三時頃どうしても眼ざめてしまう〝私〟は夢とも現《うつつ》ともつかぬ中で、父との日々を回顧していく。

たとえば「風の舟」の中では、私は、妻が母の下の世話をしてくれたので、「これは修行だよ」と、父の下の世話は、自分でした。だが、そうした日々の中で、「(ああ、早く死んでくれないか)／私の心の暗闇《くらやみ》に棲《す》む鬼が呻《うめ》」き、「私は思わず父を叩《たた》いたことも一度ならずあった」と主人公は記している。そして、表題作の中からも引用すれば父は「九十七歳と十一か月十八日の長寿を全うして、敬虔《けいけん》な仏徒でもないのにお釈迦《しゃか》さま降誕日の、桜花爛漫《らんまん》の朝」、眠っている間に息をひきとる。

そして再び「風の舟」に話を戻せば、死せる父の爪《つめ》を切り、オムツを取替えようとする私は、「顰《しか》めっ面《つら》の酷《ひど》い鬼ではなく、仏のやさしさで父のオムツを取替えられる」。そして「もう一度、いや幾十回でも、やらせてほしい」と心の中でつぶやく。このように粗筋を記していくだけでも、泣けるじゃないか、という人がいるかもしれない。しかしながらこの二作、どうしても泣けないのだ。私なりに考えてみるとそれは、作者が自分に泣くことを許していないからではないのか。

老親介護ともなれば、介護している側に、さまざまな葛藤《かっとう》や慚愧《ざんき》、後悔も生じるだろう。その一つ一つを吟味して佐江さんは、自分に泣くことを許さなかったのではないのか？　作家の持つ客観性？　そんな甘ったれたものであるわけがない。佐江さんは、とことん、自分に対して残酷になったのではないのか。介護とその果てにある死——そこに感動などというものの入り込む余地などあってたまるか、という思い。そうして書かれた作品には、読者をも老親介護の場に拉致《らち》し去って、佐江さんと同じ苦しみを味わわせるほどの力があった。だから泣けるはずはない——。

私たちはこの二作を通じて、佐江さんの生を見事なまでに追体験することになる。『長きこの夜』には、現役を引退した男たちの諦観《ていかん》と向日性を、新鮮なエロティシズムの中にとらえた「おにんどん」等があるが、そろそろ本書の解説に入らないと読者に怒られそうなので、このくらいにしておこう。

本書『動かぬが勝』は、二〇〇八年一二月、新潮社から刊行された作品集で、〈江戸職人綺譚〉シリーズ以来、久々の時代物である。

主人公は五十になって剣術を習いはじめた商家の隠居・幸兵衛である。還暦を過ぎて一端《いっぱし》の名人なり、と自惚《うぬぼ》れて他流試合に出るも、ことごとく敗退してしまう。それが、師の口から発せられた意外なることば、「老いの生き方を教えていただいた」という一言によって、もはや勝敗を越えた境地に辿《たど》りつく。

この剣の極意が生きる極意へ転じるさまを、さらりと描くのは凡手にはできない業であろう。また、この一巻が刊行された頃、他人の人生の一部だけを見て、勝ち組、負け組と決めつける風潮があったが、作品は、いまの世にあってなお、老いの可能性をさぐろうとする気合があふれている。

その意味で、佐江さんの時代小説は現代小説と表裏の関係にあるかもしれない。そして、少年武士の「枯れすすきに止まる蜻蛉《とんぼ》を捕えるかのように」見える「無邪気の剣」が、見事、敵を討つ「峠の剣」。さらに夏目漱石《そうせき》の『夢十夜』の域に達したともいうべき逸品中の逸品「江戸四話」や、私がこの一巻の中で最もほほえましく思った、藪入《やぶい》りの丁稚と軽業小屋の少女とのささやかな冒険を描く「水の匂《にお》い」。そして先に解説を読んでいる人のために詳述はしないが、佐江さんの作中人物が皆、幸福いになることを許した「永代橋春景色」まで、読者は小説によって心を満たされるのはどういうことか、ということを知るだろう。

が、この一巻、決して明るい話ばかりが収録されているわけではない。維新後、武士を捨てた隻腕《せきわん》の主人公に、さむらいの魂が甦《よみがえ》るさまを、「コトリと、軀《からだ》の奥深くに錠前のはずれるようなかすかな動き」を感じた、と描写、読者の心胆を寒からしめる「最後の剣客」、幽明境を異にする男女の情念を描いた「木更津余話」といった陰翳《いんえい》に富んだ一筋縄ではいかない作品もあり、佐江衆一という作家の懐《ふところ》の深さを、十二分に伝えていよう。

そして最後に『昭和質店の客』について触れたいが、その前に「風の舟」や「長きこの夜」の中に、〝私〟＝佐江さんの父の三月十日の大空襲の折のことが記されているのを確認したい。その夜、父は、鉄兜《てつかぶと》をかぶり、メガホンで近隣の人たちを避難させてから、隅田川近くの交差点の鉄の蓋《ふた》を楯《たて》にうずくまった。そして、ゲートルをほどいて下水にたらし、たぐりあげては、汚水をすすりながら、一晩中、空襲の猛火に耐え、火傷《やけど》を負いながら生き残ったというそれだ。

また『長きこの夜』には、戦争によって明暗を分けた人々を三篇の連作として描いた「死者たち」が収録されている。そしていま思えば、これらの挿話や連作の中から

『昭和質店の客』は胚胎《はいたい》していったのではないのか。

『昭和質店の客』は、哀しい物語である。作品は、佐江さんの実家をモデルにしたと思われる昭和質店の常連客、すなわち、満蒙《まんもう》開拓団に加わり、押し寄せるソ連兵を前に、妻子と隣人を「自決」させざるを得なかった柳田保男、慰問先で、恋人である松屋のアドバルーン係・矢野進とめぐり合うことを夢見たレヴューガールのテンプル染子の現在時における回想からはじめられる。

次に、保男と進が体験した戦場における地獄絵図が展開され、凄惨《せいさん》さに加速度が加わる。そこで考えざるを得ないのは、何故、庶民は哀しみを背負ってしか歴史の表舞台に登場できないのか、という諦観にも似た思いである。そして佐江さんは、最終章で時間をさらに逆行させて、まだ人々が国家や権力に踏みにじられる前の昭和質店での楽し気な語らいを描き、逆説的に哀しみは頂点に達する。

そして、恐らくはラスト三行を嗚咽《おえつ》と無縁に読むことは不可能であろう。

では、何故、佐江さんは、『昭和質店の客』で（多分、自らにも）泣くことを許し、『長きこの夜』では泣くことを許さなかったのであろうか――。それは恐らく、前者が〈パブリック〉であり、後者が〈プライヴェート〉であるからに尽きるからではあるまいか。ところがこれは逆説である。普通、人は〈パブリック〉では涙をこらえ、

〈プライヴェート〉では自らに号泣を許すものである。

佐江さんの小説は、そうした逆説の中から屹立《きつりつ》し、自らに課したきびしい枷《かせ》の中から常にその姿を現わす。そして、これこそがホンモノの小説なのである。

（平成二十三年八月、文芸評論家）

本書は平成二十年十二月新潮社から刊行された。

隆慶一郎著

吉原御免状

裏柳生の忍者群が狙う「神君御免状」の謎とは。色里に跳梁する闇の軍団に、青年剣士松永誠一郎の剣が舞う、大型剣豪作家初の長編。

隆慶一郎著

鬼麿斬人剣

名刀工だった亡き師が心ならずも世に遺した数打ちの駄刀を捜し出し、折り捨てる旅に出た巨軀の野人・鬼麿の必殺の斬人剣八番勝負。

隆慶一郎著

かくれさと苦界行《くがいこう》

徳川家康から与えられた「神君御免状」をめぐる争いに勝った松永誠一郎に、一度は敗れた裏柳生の総帥・柳生義仙の邪剣が再び迫る。

隆慶一郎著

一夢《いちむ》庵《あん》風流記

戦国末期、天下の傾奇者《かぶきもの》として知られる男がいた！　自由を愛する男の奔放苛烈な生き様を、合戦・決闘・色恋交えて描く時代長編。

隆慶一郎著

影武者徳川家康（上・中・下）

家康は関ヶ原で暗殺された！　余儀なく家康として生きた男と権力に憑かれた秀忠の、風魔衆、裏柳生を交えた凄絶な暗闘が始まった。

隆慶一郎著

死ぬことと見つけたり（上・下）

武士道とは死ぬことと見つけたり――常住坐臥、死と隣合せに生きる葉隠武士たち。鍋島藩の威信をかけ、老中松平信綱の策謀に挑む！

安部龍太郎
宮地佐一郎
織田作之助
船山馨
綱淵謙錠
著

龍馬参上

日本人の憧れ、坂本龍馬。その生涯を時代小説の名手たちが浮かび上がらせる。新たな龍馬像を提示する時代小説アンソロジー。

浅田次郎著

憑（つきがみ）神

別所彦四郎は、文武に秀でながら、出世に縁のない貧乏侍。つい、神頼みをしてみたが、あらわれたのは、神は神でも貧乏神だった！

浅田次郎著

五郎治殿御始末

廃刀令、廃藩置県、仇討ち禁止――。江戸から明治へ、己の始末をつけ、時代の垣根を乗り越えて生きてゆく侍たち。感涙の全6編。

荒山徹著

柳生陰陽剣

帝に仕える陰陽師にして、柳生の血を引く新陰流の剣客――その名は柳生友景。朝鮮妖術師と柳生家の新たな因縁に友景が対峙する。

宇江佐真理著

春風ぞ吹く
―代書屋五郎太参る―

25歳、無役。目標・学問吟味突破、御番入り――。いまいち野心に欠けるが、いい奴な五郎太の恋と学問の行方。情味溢れ、爽やかな連作集。

宇江佐真理著

深尾くれない

短軀ゆえに剣の道に邁進し、雖井蛙流を起こした鳥取藩士・深尾角馬。紅牡丹を愛した孤独な剣客の凄絶な最期までを描いた時代長編。

乙川優三郎著
五年の梅
山本周五郎賞受賞

主君への諫言がもとで蟄居中の助之丞は、ある日、愛する女の不幸な境遇を耳にしたが……。人々の転機と再起を描く傑作五短篇。

乙川優三郎著
かずら野

妾奉公に出された菊子は、主人を殺した若旦那と出奔する破目に――。かりそめの夫婦として生きる二人の運命は？　感動の時代長篇。

乙川優三郎著
むこうだんばら亭

流れ着いた銚子で、酒亭を営む男と女。店には夜ごと、人生の瀬戸際にあっても逞しく生きようとする市井の人々が集う。連作短編集。

海道龍一朗著
真剣
―新陰流を創った男、上泉伊勢守信綱―

戦乱の世に、その剣は如何にして無刀の境地へ至ったのか。後世に剣聖と称えられた男と兵法に生きる男たちの物語。歴史時代巨編。

海道龍一朗著
乱世疾走
禁中御庭者綺譚

群雄割拠の戦乱で、台頭する織田信長。帝を守護する若き異能者たちは、信長の覇道を危ぶみ、戦国の世を疾駆して秘かに闘い始めた。

海道龍一朗著
北條龍虎伝

大軍八万五千に囲まれた河越城、守る味方はわずか三千。北條氏康、綱成主従の絆と戦国史に特筆される乾坤一擲の戦いを描いた傑作。

北原亞以子著

傷 慶次郎縁側日記

空き巣のつもりが強盗に――お尋ね者になった男の運命は？ 元同心の隠居・森口慶次郎の周りで起こる、江戸庶民の悲喜こもごも。

北原亞以子著

再会 慶次郎縁側日記

幕開けは、昔の女とのほろ苦い〝再会〟。窮地に陥った辰吉を救うは、むろん我らが慶次郎。円熟の筆致が冴えるシリーズ第二弾！

北原亞以子著

おひで 慶次郎縁側日記

深傷を負って慶次郎のもとに引き取られた娘に、再び振り下ろされた凶刃。怨恨か、恋のもつれか――。涙ほろりのシリーズ第三弾。

北原亞以子著

峠 慶次郎縁側日記

一瞬の過ちが分けた人生の明暗。過去の罪に縛られて捩れてゆく者たちに、慶次郎の慈悲の心は届くのか――。大好評シリーズ第四弾。

北原亞以子著

蜩 慶次郎縁側日記

あの無頼な吉次が、まさかの所帯持ちに。で、相手はどんな女だい？ ひと夏の騒動を描く「蜩」ほか全十二篇。絶好調シリーズ第五弾。

北原亞以子著

隅田川 慶次郎縁側日記

「一緒に地獄に墜ちるなら本望だよ」と言われても、俺にはどうしようもできねえ……。ままならぬ人間模様が切ない、シリーズ第六弾。

死闘
古着屋総兵衛影始末 第一巻
佐伯泰英著

表向きは古着問屋、裏の顔は徳川の危難に立ち向かう影の旗本大黒屋総兵衛。何者かが大黒屋殲滅に動き出した。傑作時代長編第一巻。

異心
古着屋総兵衛影始末 第二巻
佐伯泰英著

江戸入りする赤穂浪士を迎え撃て——。影の命に激しく苦悩する総兵衛。柳生宗秋率いる剣客軍団が大黒屋を狙う。明鏡止水の第二巻。

抹殺
古着屋総兵衛影始末 第三巻
佐伯泰英著

総兵衛最愛の千鶴が何者かに凌辱の上惨殺された。憤怒の鬼と化した総兵衛は、ついに〈影〉との直接対決へ。怨徹骨髄の第三巻。

停止（ちょうじ）
古着屋総兵衛影始末 第四巻
佐伯泰英著

総兵衛と大番頭の笠蔵は町奉行所に捕らえられ、大黒屋は商停止となった。苛烈な拷問により衰弱していく総兵衛。絶体絶命の第四巻。

熱風
古着屋総兵衛影始末 第五巻
佐伯泰英著

大黒屋から栄吉ら小僧三人が伊勢へ抜け参りに出た。栄吉は神君拝領の鈴を持ち出したのか。鳶沢一族の危機を描く驚天動地の第五巻。

血に非ず
新・古着屋総兵衛 第一巻
佐伯泰英著

享和二年、九代目総兵衛は死の床にあった。後継問題に難渋する大黒屋を一人の若者が訪ね来た。満を持して放つ新シリーズ第一巻。

北方謙三著
陽炎の旗

日本の〈帝〉たらんと野望に燃える三代将軍・義満。その野望を砕き、南北朝の統一という夢を追った男たちの戦いを描く歴史小説巨編。

北方謙三著
風樹の剣
―日向景一郎シリーズⅠ―

「父を斬れ」。祖父の遺言を胸に旅立った青年はやがて獣性を増し、必殺剣法を体得する。剣豪の血塗られた生を描くシリーズ第一弾。

立松和平著
道元禅師(上・中・下)
泉鏡花文学賞・親鸞賞受賞

日本仏教の革命者・道元禅師。著者が九年の歳月をかけてその人間と思想の全貌に迫り、全生涯を描ききった記念碑的大河小説。

高橋克彦著
舫《もやい》鬼九郎

江戸の町を揺るがす怪事件の真相を解き明かすべく、謎の浪人・舫鬼九郎が挑む！　壮大なスケールで描く時代活劇シリーズ第1弾。

辻邦生著
安土往還記

戦国時代、宣教師に随行して渡来した外国船員を語り手に、乱世にあってなお純粋に世の道理を求める織田信長の心と行動をえがく。

辻邦生著
西行花伝
谷崎潤一郎賞受賞

高貴なる世界に吹き通う乱気流のさなか、現実とせめぎ合う〝美〟に身を置き続けた行動の歌人。流麗雄偉の生涯を唄いあげる交響絵巻。

畠中 恵著

しゃばけ

日本ファンタジーノベル大賞優秀賞受賞

大店の若だんな一太郎は、めっぽう体が弱い。なのに猟奇事件に巻き込まれ、仲間の妖怪と解決に乗り出すことに。大江戸人情捕物帖。

畠中 恵著

ぬしさまへ

毒饅頭に泣く布団。おまけに手代の仁吉に恋人だって？ 病弱若だんな一太郎の周りは妖怪がいっぱい。ついでに難事件もめいっぱい。

平岩弓枝著

平安妖異伝

あらゆる楽器に通じ、異国の血を引く少年楽士・秦真比呂が、若き日の藤原道長と平安京を騒がせる物の怪たちに挑む！ 怪しの十編。

平岩弓枝著

魚の棲む城

世界に目を向け、崩壊必至の幕府財政再建を志して政敵松平定信と死闘を続ける、田沼意次のりりしい姿を描く。清々しい歴史小説。

松井今朝子著

銀座開化おもかげ草紙

旗本の次男坊・久保田宗八郎が目撃したのは、新時代の激流のなかでもがく男と女だった。明治を生きるサムライを名手が描く――。

松井今朝子著

果ての花火

―銀座開化おもかげ草紙―

その気骨に男は惚れる、女は痺れる。銀座煉瓦街に棲むサムライ・久保田宗八郎が明治を斬る。ファン感涙の連作時代小説集。

三浦綾子著

細川ガラシャ夫人（上・下）

戦乱の世にあって、信仰と貞節に殉じた悲劇の女細川ガラシャ夫人。清らかにして熾烈なその生涯を描き出す、著者初の歴史小説。

三浦綾子著

千利休とその妻たち（上・下）

武力がすべてを支配した戦国時代、茶の湯に生涯を捧げた千利休。信仰に生きたその妻おりきとの清らかな愛を描く感動の歴史ロマン。

宮部みゆき著

本所深川ふしぎ草紙

吉川英治文学新人賞受賞

深川七不思議を題材に、下町の人情の機微とささやかな日々の哀歓をミステリー仕立てで描く七編。宮部みゆきワールド時代小説篇。

宮部みゆき著

かまいたち

夜な夜な出没して江戸を恐怖に陥れる辻斬り〝かまいたち〟の正体に迫る町娘。サスペンス満点の表題作はじめ四編収録の時代短編集。

宮部みゆき著

幻色江戸ごよみ

江戸の市井を生きる人びとの哀歓と、巷の怪異を四季の移り変わりと共にたどる。〝時代小説作家〟宮部みゆきが新境地を開いた12編。

宮部みゆき著

初ものがたり

鰹、白魚、柿、桜……。江戸の四季を彩る「初もの」がらみの謎また謎。さあ事件だ、われらが茂七親分――。連作時代ミステリー。

宮城谷昌光著
風は山河より（一〜六）
すべてはこの男の決断から始まった。後の徳川泰平の世へと繋がる英傑たちの活躍を描く歴史巨編。中国歴史小説の巨匠初の戦国日本。

宮城谷昌光著
新三河物語（上・中・下）
三方原、長篠、大坂の陣。家康の覇業の影で身命を賭して奉公を続けた大久保一族。彼らの宿運と家康の真の姿を描く戦国歴史巨編。

宮城谷昌光著
楽毅（一〜四）
策謀渦巻く古代中国の戦国時代。名将・楽毅の生涯を通して「人がみごとに生きるとはどういうことか」を描いた傑作巨編！

諸田玲子著
誰そ彼れ心中
仕掛けられた罠、思いもかけない恋の道行き。謎が謎を呼ぶサスペンスフルな展開、万感胸に迫る新感覚時代ミステリー。文庫初登場！

諸田玲子著
お鳥見女房
幕府の密偵お鳥見役の留守宅を切り盛りする女房・珠世。そのやわらかな笑顔と大家族の情愛にこころ安らぐ、人気シリーズ第一作。

諸田玲子著
蛍の行方　お鳥見女房
お鳥見一家の哀歓を四季の移ろいとともに描く連作短編。珠世の情愛と機転に、心がじんわり熱くなる清爽人情話、シリーズ第二弾。

動《うご》かぬが勝《かち》

新潮文庫　さ－17－12

平成二十三年十月一日発行

著者　佐《さ》江《え》衆《しゅう》一《いち》

発行者　佐藤隆信

発行所　株式会社　新潮社

郵便番号　一六二―八七一一
東京都新宿区矢来町七一
電話　編集部(〇三)三二六六―五四四〇
読者係(〇三)三二六六―五一一一
http://www.shinchosha.co.jp

価格はカバーに表示してあります。

乱丁・落丁本は、ご面倒ですが小社読者係宛ご送付ください。送料小社負担にてお取替えいたします。

印刷・大日本印刷株式会社　製本・株式会社大進堂

ISBN978-4-10-146612-5　C0193